擁抱逝水年華

普魯斯特如何改變你的人生

How Proust can change your life

美感觀看　九章

艾倫．狄波頓　**Alain de Botton**　著

楊依陵　譯

各方推薦

「狄波頓強調出普魯斯特作品中治癒人心與建言的面向，等同於代我們重新閱讀普魯斯特，並從那浩瀚神聖的湖水中，蒸餾出一種甜美而清明的精華。」

——約翰．厄普代克（John Updike），《紐約客》（*New Yorker*）

「狄波頓這本小書十分迷人，幽默又明智，甚至還可能改變你的生活。」

——艾倫．馬西（Allan Massie），《每日電訊報》（*Daily Telegraph*）

「這本引人入勝的小書，是我近年來讀過最有趣的文學評論之一。」

——約翰．韋特曼（John Weightman），
《星期日電訊報》（*Sunday Telegraph*）

「一本非常令人享受的書。」

——賽巴斯蒂．福克斯（*Sebastian Faulks*）

「這本書真是妙極了……狄波頓剖析了普魯斯特對友情、閱讀、細緻觀察、專注、慢活與生命存在的看法，並添加他個人的精彩評論。既充滿智慧又令人陶醉，既有趣又發人深省。以如此新鮮獨特的方式呈現，讓我簡直愛不釋手，連現在都想再重讀一遍。」

——布萊恩．馬斯特（Brian Masters），《週日郵報》（*Mail on Sunday*）

目次
CONTENTS

推薦序

跟普魯斯特聊聊：煩惱

朱嘉漢
（作家）

因為經常需要介紹普魯斯特，我讀過不少引介的作品。似乎面對這樣一本厚重的書（而且有七本），非得要一本又一本的書，才能拉近我們與《追憶逝水年華》（又譯：《追憶似水年華》）的距離。

但，正因為《追憶逝水年華》是這麼特別的作品，也就不會任何一本書，或怎樣才華的作者，可以寫出另一本書化約或取代原作。我們不必擔心這些引介者或詮釋者寫得太好，以至於失去了閱讀的興致。我們只怕寫得不夠好，將一本原來可以細細品嚐，反覆閱讀的鉅著（是的，我認為這本書不僅可以讀完，更應該重讀好幾次），變得索然無味。

艾倫・狄波頓曾經在好一段時間，是風靡世界的哲學作家。他熱門的程度，甚至讓當時自認有獨特品味的少年時的我，刻意保持距離。對於他的「哲學普及」的書寫，也抱持著遲疑的態度，寧願多讀原作，也不願被他推介。

但在多年之後，閱讀《擁抱逝水年華》，終於理解他受歡迎的原因。

在《擁抱逝水年華》中，狄波頓採取的策略，是許多人都曾做過的：與作者當朋友。他幫我們拉近距離，將大師與文豪還原成一位令人感到親切的人。不過，狄波頓不僅與普魯斯特當朋友，他還熱情卻小心翼翼地，對我們介紹這位有點特別的人。

怎麼介紹呢？大家都聽過他的名字，有些人愛得發狂，也有人恨之入骨。但艾倫・狄波頓選擇的方式，是為我們提出很好的問題。不是對普魯斯特提問，也不是讓普魯斯特為我們解答。而是他試圖告訴我們，普魯斯特有的煩惱，竟是與我們如此相近。普魯斯特未必能提供我們解答（在任何層面上），但是可以從他應對的方式，人物的處理，他對事物的獨特觀感，還有他至深的體悟（且不乏幽默），讓我們在面對相同的問題時，有另外一種不同於以往的可能性。

如果有機會，請大家也看看他談論哲學的著作《哲學的慰藉》。他引導我們進入蒙田、尼采、叔本華等哲人的方式，以普遍的煩惱來切入，例如面對挫折、困難、傷心等等。而這部《擁抱逝水年華》裡，則是一章又一章的「如何」：〈如何熱愛當下的生活〉、〈如何為自己閱讀〉、〈如何悠閒度日〉等等。換言之，當我們將問題從「是什麼（what）」轉換為「如何（how）」，要追尋的就不是「知」的問題，而是「行」的問題。要有所行動，認真感受，首先，我們要面對煩惱。

於是，閱讀普魯斯特，我們未必要執著於是否真的知道或完全理解，而是透過閱讀，我們可以同樣去面對一些問題。人類正藉由提問，能夠改變自身，變化或深化。《擁抱逝水年華》的英文原標題再清楚不過：*"How Proust Can Change Your Life"*。

需要改變人生，並不是我們有太多煩惱，過多苦痛，冀望擺脫這些。而是如同艾倫・狄波頓準確抓出的，我們在現代生活中，每個人都陷入對生命失去興致之中：

「我們早已失去興致的並不是無盡的生命本身，而是我們親手製造的那一成不變的日常生活。我們的不滿源於某種生活方式，而非無法挽回的、憂鬱的生命經驗。一旦放棄了潛意識中對永生的幻想，我們會突然發現，生活中充滿許多未曾嘗試過的可能性，就隱藏在看似平凡無趣又無休無止的日常生活中。」

煩惱甚至挫折、病痛並不可怕，但這種麻木無感，將抹平我們的一切經驗。亦即，我們經驗過的，無論是好是壞，將不會真正留存。縱使出現了留聲機、照相機等工具，普魯斯特也早早預料到，智力能記下的只是事物的表面，而真正的感受早已喪失。你記不起來當時為何難過，也無法再現當時的感動。過去感受的疏離，使得「現在」也無所憑依，當然，對未來也不免惶然不知所措了。

《追憶逝水年華》的開頭，之所以令讀者卡關，乃是因為普魯斯特精確掌握了失眠者這樣的狀態。彷彿無盡延長的黑夜裡，敘事者我孤獨一人，除了記憶的碎片，回想不起真正經歷過的人生，因而惶恐此生的意義。原來，回憶的機制不全依靠記憶力，而是感受力，唯有你能對生活有所感受時，那些你以為不再復返的回憶才會在你身上甦醒。

在這本書裡，艾倫・狄波頓將普魯斯特還原成一個煩惱的人，也是個充滿感受而有趣的人。他會因為無法達成父母的期待而感到挫折，會因為自己的獨特性感到寂寞。他喜歡讀報紙，對各種新鮮事感到興趣。當然更會因為戀愛而煩惱。

艾倫・狄波頓呈現普魯斯特的煩惱，並告訴我們他是如何認識「生活的全部藝術，就在於如何從那些使我們痛苦的人身上汲取教益。」這回事。書裡面幫我們精彩分析《追憶逝水年華》種種受著苦又沒有病識感的人物（他命名為「拙劣的受苦者」），這種向度的分析，讓讀者能夠帶著微笑理解為何這些人物會這樣描寫，又如此有趣。

所謂「改變」生活，並非使生活產生變化，而是改變看待生活的方式。艾倫・狄波頓如此結論：「普魯斯特的治療之道，就是引導我們以全新的視角審視生活中的細節，從中發掘當下所帶來的幸福。這種方法揭示了一個深刻的道理：我們的不滿往往源於未能正確看待自己的生活，而非生活本身的缺陷。」

真正的生活，也許真的如韓波所說，是不存在的。唯有透過藝術，像《追憶逝水年華》這樣的作品，我們可以在虛構的奇特力量中，贖回我們的生活本身。

悠遊普魯斯特迷宮（Labyrinth of Proust）

鄭治桂
（藝術家）

開卷有益，如果書本是一扇知識之窗；而閱讀傷神，展卷慎防捲入一座迷宮，例如普魯斯特。關於閱讀，再也沒有比細看使用須知（mode d'emploi）更簡單而有用的了，也許沒有人敢想像閱讀普魯斯特能如使用須知，卻真有一人解讀普魯斯特如人生指南。

解讀普魯斯特有兩個方法，第一種是嚴肅以待，第二是輕鬆面對。但不管哪一種方法，都必須先經過一個痛苦的歷程——嚴肅地去閱讀普魯斯特。嚴肅者最終能解析《追憶逝水年華》（À la recherche du temps perdu）的結構，釐清普魯斯特的糾繆記憶，而後會成為一個學者，撰述文學研究，或如艾倫・狄波頓（Alain De Potton）舉重若輕地，用「如何改變你的人生」這般句法，深入淺出地寫出一本暢銷「勵志書」（inspirational book）。

無論是嚴肅的評論，或是流暢的「勵志書」，所需的研究功夫，卻是比其他文學經典還要增倍。而文字輕快的「勵志」文筆，絕非一般任意「酷搜」（kuso）的輕佻文字所能比類，而更是「苦搜」（research）之後，貌若信手捻來的摘句與引證。而探入普魯斯特的文字迷宮，始則嚴肅而艱難，終將陷入閱讀普魯斯特的困境。

諷刺的是，閱讀普魯斯特的困境，與解讀普魯斯特的成就感竟互為表裡，恍若鏡像，而這種困境，彷彿分為三個層次。

面對普魯斯特，首先須跨越《追憶逝水年華》的文字高牆，拆解綿長的普魯斯特句型，進入文學殿堂中，升起達陣的成就感，即陷入但知其進而不知其退的第一個困境。繼之，當你進到普魯斯特的世界，鑽進了他糾繆的記憶，側身於人物穿梭事物交織經緯，文學宮殿瞬間成了文字之網，陡然發現竟無法脫身。

第三個困境則是，閱讀開始回甘，掌握了他的文字路徑，逐漸適應曲折綿長的句型，並流暢地誦讀他文字的頓挫與節奏，於千萬人中成為作家文字知己的優越感油然而生，並陶醉其中，這就越陷越深，彷彿是米開朗基羅的《奴隸》被死神催眠，而無能逃避的困境。當你猛然警覺自己開始成為普魯斯特的《女囚》（*La Prisonnière*），已將人生大把時光貢獻給了「不可挽回的」《逝水年華》，陷溺太深已難抽身，越抗拒，越糾纏，因為你已經成為普魯斯特的千萬化身之一，虛擬式思維[1]已然內化的第三重

1 普魯斯特大量使用的艱澀的虛擬式句法（subjonctif），用以表達涵容主觀感受之記憶，別於客觀事件之陳述。

困境。此時耳邊或許會響起法郎士（Anatole France）的那句話：「人生太短，而普魯斯特太長」（La vie est trop courte, Proust est trop long），而文學不只是普魯斯特啊。

跟著普魯斯特《重尋過往時光》（*Le Temps Retrouvé*）的你，又在哪一層呢？如果你是一位法文系學生，或者你已是法文系的研究生，又或者你是一個文學教師，你的人生只有兩個：越來越深入普魯斯特，或是逐漸淡忘普魯斯特的人生，只有極少數人是「完全」讀完七冊《追憶逝水年華》的，比起百千萬中的普魯斯特「選民」，那些未曾陷溺於普魯斯特的人或許是單純而幸運的，卻未免錯過繁花勝景。

終究，普魯斯特的《追憶逝水年華》和東方的《紅樓夢》一樣偉大而不可忽視，它們有著豐富的內涵，龐大的組織，細膩的描繪，並反映真實人生和整個社會的企圖，那貫串全書的核心思想卻比哲學家的人生觀還要雋永而真實。

普魯斯特七冊《追憶逝去時光》的真正主題並非「逝去的時光」（le temps perdu）或「重尋的時光」（le temps retrouvé），而是「重尋」（À la recherche）的歷程，一個普魯斯特終其一生未完成的記憶重構。嚴格地說，《追憶逝水年華》是一部作者的「未完成作」，而這「未完成」卻又是「未完成的進行式」。

《紅樓夢》也是一部「重尋」過往時光的龐大「未完成」之作。但東方的《紅樓夢》繁花綻放，可容讀者一生慢慢咀嚼而不心焦，文學巨構《追憶逝水年華》卻築成一道文字高牆，一座巨大的宮殿，讓人很難不知難而退。即使如此，仍然吸引一代代讀者投入解碼普魯斯特的行列，極少人能說自己完全讀懂了七冊全集，但即使再軟弱的讀者也不會說完全不懂的，這部偉大的文學，留給世人探索的空間可巨大了。

艾倫・狄波頓的「如何改變你的人生」這個很不文學的句型，彷彿一個文學奇才調弄文字遊戲的練習曲，只不過這一回主題是普魯斯特！這個巨大反差，竟產生了極大的趣味。狄波頓也給了我們一個美麗錯覺，作者筆下普魯斯特文字中的龐大信息，也是可以淺易解讀，作為解決人生困境的指引嗎？狄波頓解碼普魯斯特，跨越文學高牆，撿拾七冊巨著中觸及人生、愛情、關於友誼或閱讀的等等關鍵字，將文學巨匠普魯斯特的文字，解碼成有益人生的訊息，堪稱美麗的誘導。

解讀「普魯斯特有益人生」真的是一個「勵志書」形式導向的錯覺，然而普魯斯特的文字帶給我們人生的「實質益處」，遠遠不及於任何一本烹飪手冊，或一紙藥品服用須知，或者是簡易的文法練習，普魯斯特對一般局外人的人生幾乎沒有幫助。也因為這一座文學高牆與世人隔離如此之甚，而給了這位英倫才子一個扭轉普魯斯特高危意象的機會，使用通俗的「如何……如何」實用性句型全面解碼普魯斯特，教人不能不讚賞這極具創意且幽默的寫作策略。

狄波頓並不是只具備創意句型而戲謔普魯斯特的文學寫手，他是真正深入其中的普魯斯特專家，他深探普魯斯特迷宮，卻輕盈地寫出了「如何改變你的人生」的九大句型。

第一書局（Vintage first edition books）一九九七年的「如何改變你的人生」美好生活書系，編號第一的「普魯斯特」主題由艾倫・狄波頓主筆之後，勵志書竟寫成了文學評論，於是這本書便成為該書系的唯一一本文學使用須知[2]。

如果「普魯斯特如何改變你的人生」是一個創意寫作策略，建立於普魯斯特並不在改變你的人生的假設！然而開卷閱讀，才發現這個「假設」竟然逐漸成真！我不禁佩服作者將艱澀文句當發泡錠投入杯中溶解以供療癒的膽識。雖然不知有多少法文系的學生因為「應該閱讀普魯斯特」的情緒勒索而購置了七巨冊《追憶逝水年華》，並為從來沒能讀完全書的心結而若有憾焉？又有多少法國文學的忠實讀者，曾經希望從普魯斯特的文字綑綁中脫困，卻終究轉變為普魯斯德哥爾摩症候群（Proustockholm syndrome）[3]？

相對於閱讀普魯斯特的成就感，那始終未能讀完七冊《追憶逝水年華》的遺憾，比起學習外語半途而廢的苦澀實在要來得更為複雜。誰又說不是呢？閱讀普魯斯特原本就是一種複雜的心情。狄波頓寫作此書用心之深、用語之輕快，而笑看普魯斯特，難道是普魯斯德哥爾摩症候群的自我療癒嗎？

沒有一個人能夠從普魯斯特的複雜句型和糾繆的記憶中輕易脫困，主人翁因為失眠而墜入記憶之網的思緒，原本是普魯斯特本人的問題，作家以三十頁文字紓睏之後，現在全成了讀者的問題了。

從來沒有一套書能帶給讀者這麼多的困擾，而這些困擾隨著讀者逐漸深陷文字之網，竟質變為悠遊迷宮而幻覺如真。二十三年後這本中文版《擁抱逝水年華》重新上市，仍在迷宮中的讀者如我竟還興致勃勃地加上一筆。多年來躑躅文字曲巷，仍以徘徊行間為樂，馬塞爾的意識仍難辨全貌[4]，只緣此身已在迷宮中，這就是閱讀普魯斯特的難解之癮啊。

---

2 撰者「想當然耳」。

3 普魯斯德哥爾摩症候群（Proustockholm syndrome），筆者杜撰。

4 馬塞爾・普魯斯特（Marcel Proust, 1871-1922）的《追憶逝水年華》被譽為意識流小說開山之作，和喬埃斯（James Joyce, 1882-1941）在普魯斯特去世當年出版的《尤里西斯》（*Ulysses*, 1922）時被相提並論。

譯者的話

觀看的視角

楊依陵

普魯斯特在文學愛好者中一向享有盛名，而盛名的代價之一就是高不可攀，將《追憶逝水年華》買到家中書架上供奉著的人，恐怕遠遠多於實際看完的人；究其原因，也不過是怯懦而已，就像是夢想有一日能攀登聖母峰、去北極探險，嚮往和熱愛的心是真誠的，卻因為目標看著太過遠大，而忍不住躊躇不前。此時，我們往往需要一份更切實的計畫，或是，一位好的嚮導。

艾倫．狄波頓的《擁抱逝水年華》，恰恰是一位親切又機智的嚮導，甚至，這位嚮導深入淺出的功力，足以讓對普魯斯特或《追憶逝水年華》都不感興趣的讀者也感到興味盎然。《擁抱逝水年華》有多種閱讀方式，喜歡名人軼事的，可以看到一九二〇年代的法國社會趣聞：沙龍中穿梭於賓客間衣著華麗的女主人、隱身於歐戰和談會議下的英國大使和馬卡龍小甜點、名作家喬伊斯與普魯斯特絕妙的首次會面，以及關於普魯斯特私生活的一百個小祕密……但讀者若不想止步於此，隨著狄波頓如偵探般的抽絲剝繭，透過普魯斯特的書信、投書、親友的記述以及《追憶逝水年華》小說本身，我們不必翻山越嶺，就可以輕鬆地躺坐在沙發上，一窺普魯斯特的人生觀、友情觀、愛情觀，品味如何細緻體驗生活的奧義；至於藝術愛好者和創作者，更可以將本書視為《追憶逝水年華》的導讀、藝術理論與欣賞指南，並進一步看到作家是如何在藝術與生活的海洋中吸取養分、轉化視角和觀點，撥開眼前的迷霧和障礙，最終創造出專屬於自己的語言和表達方式。

被封為英倫才子、「連掃把都能描寫得活靈活現」（語出書評人葛雷茲・布魯克（Philip Glazebrook））的艾倫・狄波頓，自幼成長於瑞士，深諳法文、德文，直到十二歲時赴英國寄宿學校就讀，這獨特的經歷練就了他個人化的華麗行文風格，和遊走於英倫和歐陸的混合幽默感。英國人說笑總帶著機鋒，出其不意地刺你一下，但《擁抱逝水年華》雖然有時語帶嘲諷，底色卻是溫暖的，在深層的意義上，本書確實有著療癒的意圖，原文書名直譯為中文是《普魯斯特如何改變你的人生》，從普魯斯特的浩大文本中能蒸餾出來的內容極為豐富，而艾倫・狄波頓卻採取了一個最為溫柔，同時也是最為積極的視角，像是一個親切的友伴，拉著你的手細數如何度過生命的低谷、如何快樂地享受生活、如何欣賞藝術並透過藝術豐富自己的眼界和生活。透過這種「how to」的章節安排，以藝術的觀點和內容出發，奇妙地譜寫出了一本十分另類的「自我成長書籍」。

在《如何承受痛苦》這一章中，狄波頓半帶戲謔半帶同情地闡述了普魯斯特人生中的種種問題，從家庭到愛情，感情經歷到性取向，生理上的疾病到感官的高度敏感，看到普魯斯特經受的種種苦痛，以及他又是如何將這些苦痛淬煉為珍寶，最終轉化為感受細膩、將一刻幻化為永恆的傑出小說。透過狄波頓的描寫（書中還附上了一張照片），我們可以窺見普魯斯特如何受迫於自己過於敏感的身體，成日躺在他鍾愛的那張床上吃食、休息、工作，又是如何在這種情況下裹著皮草大衣往來於他所熱衷的各種社交晚宴。在這樣的側寫中，我們可以看到人的複雜和多面性，也看到了約定俗成的單一評價標準是如何脆弱。普魯斯特的父親和弟弟皆是優秀的醫生，擁有傲人的世俗成就，而普魯斯特自己，代換成現代台灣的語言，大概是不折不扣的媽寶和魯蛇，一生皆在母親的寵愛和呵護（以及控制）之下成長，沒有上過幾天班也沒有賺過多少錢，依附於家庭的庇護下，一直到三十多歲還寫著默默無名的小說，直到《追憶逝水年華》出版後數年，終於幸運地在那個時代找到了一群能夠並且願意欣賞他的讀者——對於藝術史稍有了解的人都能明白，這樣的運氣並不總是能降臨在所有藝術家身上，可世俗的眼睛，往往不懂得欣賞「真正的」風景，只懂得跟著吹捧那些對於風景的讚譽，或是只在付出金錢代價時，才懂得換算成相應的價值。

有這樣一種人，他們起初可能會質疑海景和海浪聲是否真的能帶來愉悅，但當他們同意每天支付一百法郎，租住一間能欣賞到這些景色和聲音的旅館房間時，他們便堅信這些確實是令人愉悅的了，而於此同時，也藉這個方式確信了自己品味的獨特性和優越性。

書中貫穿各章節，反覆出現的一個概念是「觀看的視角」，或說是「感受的視角」。普魯斯特鼓勵我們拋開既有的認知和印象，盡力去觸碰最接近原初的、真實的，帶有個人選擇和印記的美的泉源。從夏丹這樣的畫家為我們展示平凡事物之美，到《追憶逝水年華》中普魯斯特為我們展示出的人類行為圖景，狄波頓為讀者們點出普魯斯特的睿智和勇敢之處，他要我們隨著藝術家「張開自己的雙眼」，真實地去看、去觀察和感受自己的生活和周遭的景象，如同印象派畫家一般，試著去描繪那最原初的、尚未被我們認知到的事物和心靈狀態。

重塑觀看的角度，無異於重塑內心的圖景。在現今人人「高敏感」又充滿「焦慮」的時代，我們忙著在各種書籍和影音中，一面追求提高「生產力」，一面又要安撫自身找到「正念」，迷失在各類心理學和腦神經科學的專業術語中，要學習控制腦內多巴胺的平衡，又要練習愛上內啡肽帶來的快樂。或許在此時，不妨簡簡單單地坐下來，沖杯咖啡，在各種饒富趣味的內容陪伴下，翻開本書，感受普魯斯特「慢慢來」的哲學和快樂。

1

CHAPTER

如何熱愛當下的生活

在這世間，似乎沒有什麼比不快樂更能激起人們的興致了。若說我們的存在是被一個心懷惡意的造物主精心安排，其唯一目的就是讓我們飽嚐苦痛，那麼，我們又何嘗不該為自己感到幾分自豪？看哪，我們是以多麼真摯而熱烈的姿態，回應著祂的期許啊。細數那些令人感到生之無味的緣由，恐怕需要洋洋灑灑寫上幾大本冊子：我們的軀殼如此脆弱，愛情卻又變幻無常；人與人之間的關係總是虛假不實，為了友誼而做出的妥協又往往令人心灰意冷；日復一日的生活習慣，更是讓我們逐漸麻木不仁……面對這些永無止境的挑戰，人們很容易就會得出結論：除了自身的消亡，似乎再也沒有什麼值得期待的了。

巴黎，一九二〇年代初期。街頭巷尾的報攤上，《不妥協報》（*L'Intransigeant*）的報頭總是特別醒目。這份報紙以其獨特的風格在當時的媒體圈中脫穎而出：它不僅有深入的調查報導，還有令人津津樂道的都市軼事；既有琳琅滿目的分類廣告，又有針砭時弊的犀利評論。然而，最引人注目的是它那別出心裁的專欄。編輯們總是絞盡腦汁，設計出一些令人耳目一新的假設性問題，然後邀請法蘭西各界的名流雅士、專家學者來發表高見。有時，問題平實無奇：「您認為，如何教育女兒才是最理想的？」有時，又頗具現實意義：「對於日益嚴重的巴黎交通壅堵，您有何高見？」而在一九二〇二二年的仲夏，《不妥協報》的編輯們似乎靈感迸發，構思了一個格外繁複的問題。

想像一下，有這麼一天，一位美國科學家突然宣布了一個驚人的預測：世界末日即將降臨。即便在最樂觀的情況下，絕大部分的陸地也將遭受毀滅性的打擊。就這樣，死亡的陰影驟然籠罩在數十億人的頭頂上，成為他們不可逃避的宿命。若這預言真的成真，我們想請問您：在人們得知這個令人心驚膽戰的消息之後，到災難真正降臨的那一刻之前，這段時間裡，人們的行為會發生怎樣的變化？而就您個人而言，在末日來臨之前，您最想做什麼？

面對這個預示著個人乃至全球滅絕的嚴峻劇本，眾多名流紛紛獻上了他們的見解，首位回應的是當時備受尊崇，如今已被遺忘的文人亨利・波爾多（Henri Bordeaux）。他認為，大多數人會不由自主地奔向兩個地方：教堂或臥房。然而，波爾多本人卻巧妙地避開了這兩個尷尬的選項，宣稱他會把握最後的機會攀登阿爾卑斯山，讓靈魂沉浸在高山植物的芬芳和壯麗景色中。巴黎的舞台女王貝爾特・博維卻選擇了沉默，沒有透露自己的計劃。相反地，她以一種若有所思的口吻向讀者暗示了她的憂慮：當男人不再需要為自己的行為負責時，他們可能會變得肆無忌憚。這番話語中隱含的擔憂，與著名手相師弗萊雅夫人的預測不謀而合。她判斷，面對末日，大多數人不會選擇沉思宇宙的奧祕，而是會沉溺於世俗的享樂，把靈魂的救贖拋諸腦後。而當作家亨利・侯貝爾（Henri Robert）毫不掩飾地宣布自己的計畫後，弗萊雅夫人的預言似乎得到了印證，侯貝爾打算把握光陰，全身心投入一場橋牌、網球或高爾夫球賽，作為他人生的終曲。

在這場末日預言的回應中，最後一位被諮詢的名人，是一位獨特的小說家。他留著標誌性的八字鬍，過著離群索居的生活。他對於高爾夫球、網球或橋牌這類活動並無特別興趣（他曾嘗試過一次西洋棋和兩次放風箏，不過都是在他人的協助下）。這位作家的餘生十四年間，多半躺在一張狹窄的床上，身上覆蓋著幾張單薄的羊毛毯，藉著床邊昏黃的燈光，撰寫一本長得驚人的小說。一九一三年，當這部小說的第一卷《追憶逝水年華》[1]（In Search of *Lost* Time）問世時，立即被譽為大師之作，引起了文壇轟動。法國評論家將他與莎士比亞相提並論，義大利書評人則把他與斯湯達爾[2]相比擬。甚至有一位奧地利公主，被他的才華所傾倒，表示願意與之結婚。然而，這位作家——馬塞爾・普魯斯特[3]——對自己的評價卻始終保持謙遜（「如果我能對自己的評價高一些就好了，哎，可惜這是不可能的。」）他甚至曾將自己比作一隻跳蚤，形容自己的作品為難以消化的牛軋糖。但即便如此，他，馬塞爾・普魯斯特，總還是有為自己感到心滿意足的理由。當時的英國駐法大使，一個閱歷豐富、謹慎判斷的人物，也認為普魯斯特絕對值得獲得讚譽，儘管理由與文學完全無關：他稱普魯斯特為「我所遇到過最傑出的男人」，原因是「他在晚宴上還一直穿著長大衣。」

普魯斯特對投稿有著近乎執著的熱情，即使屢屢遭遇退稿，也絲毫不減其熱忱，展現出一種良好的運動家精神。普魯斯特把他對於上述提問的答案，回覆給了《不妥協報》（當然，還有那位預言末日的美國科學家）：

1 《追憶逝水年華》，英文譯名為*In Search of Lost Time*，法文原文為*À la recherche du temps perdu*，是普魯斯特於一九一三—一九二七年創作的長達兩百多萬字的小說。（以下皆為譯注）

2 斯湯達爾（Stendhal，1783-1842），法國小說家，被認為是法國現實主義小說先驅，擅長準確的人物心理描寫，代表作有《紅與黑》、《帕爾馬修道院》、《論愛情》。

3 馬塞爾・普魯斯特（Marcel Proust，1871-1922），法國作家。本書中除了提到其父其弟或因應行文需求等特殊情況，會直接譯為普魯斯特。

如果我們如你所言，正面臨死亡的威脅，我相信生命會因此變得更加美好。想一想，有多少計畫、旅行、戀情、研究——這些真實的生活片段，因為我們的怠惰而被我們隱藏在身後視而不見。我們總是心存幻想，認為未來某一天會實現這些願望，但日復一日，計畫卻無限期延後。

一旦這些美好的體驗再也無法重現，那麼它們對我們而言，將會馬上顯得美好而珍貴。啊，如果這次世界末日不會來臨，我們還有機會參觀羅浮宮的新展覽，折服於X小姐的魅力，或者來一趟印度之旅。

然而，如果末日不會來到，我們很可能什麼也不做，回到習以為常的生活，使慾望因受忽視而逐漸麻木。可是，為何非要等到災難降臨或逼近才懂得珍惜生命、把握當下？只要想想死亡隨時可能降臨在任一秒，也許就在今晚，這已足以令人警醒。如果這些美好的體驗突然變得不可能實現，它們將再次在我們眼中閃耀珍貴的光芒。

當我們意識到死亡的逼近時，對生命的依戀會驟然增強，這意味著，我們早已失去興致的並不是無盡的生命本身，而是我們親手製造的那一成不變的日常生活。我們的不滿源於某種生活方式，而非無法挽回的、憂鬱的生命經驗。一旦放棄了潛意識中對永生的幻想，我們會突然發現，生活中充滿許多未曾嘗試過的可能性，就隱藏在看似平凡無趣又無休無止的日常生活中。

面對必朽的肉身，我們或許會重新審視生活的優先次序，但這種審視本身就帶來了新的困惑：究竟什麼才是真正重要的？在我們真正理解死亡的涵義之前，我們可能只是半醒半睡地活著。然而，什麼才算是真正地活著？它又包含了什麼？僅僅意識到我們終將消逝，並不能保證我們餘生填補日記的空白時，都能做出明智又合理的回應。相反地，在死神的滴答聲中，我們可能會驚慌失措，做出一些令人難以置信的蠢事。那些巴黎名流寄給《不妥協報》的建議就是最好的例子。欣賞阿爾卑斯山的風景、思索外太空的未來、打打網球、揮揮高爾夫——這些建議本身就充滿矛盾。在整個地球即將分崩離析之際，這些消磨時光的方式真的有什麼意義嗎？

普魯斯特自己的建議：參觀羅浮宮、談場戀愛、遊歷印度，這些聽起來似乎並不怎麼高明。首先，這些提議與人們熟知的他的性格大相逕庭。要知道，他可從來不是個熱衷於逛博物館的人。十多年來，他都未曾踏入羅浮宮一步。與其在嘈雜的人群中擠來擠去，他倒寧願安坐家中，欣賞幾幅複製畫。「現今，人們普遍喜愛文學、繪畫和音樂，可實際上，恐怕連一個真正懂得欣賞的人都找不出來。」至於印度之旅，普魯斯特倒是從未展現過對這個次大陸的興趣，再加上以當年而言，前往印度旅行的艱辛程度，幾乎使得這項計畫難以執行：首先，得要搭火車南下到馬賽，再轉乘郵船到埃及的塞得港，接著，還得換乘P&O輪船公司的船，橫渡阿拉伯海整整十天。對一個連下床都感到困難的人來說，印度之行實在難以稱作理想。至於提到X小姐呢，那簡直是觸及了普魯斯特母親的痛處，X小姐對普魯斯特毫無吸引力，其實，別說是X小姐了，哪怕是從A到Z所有小姐，普魯斯特都從未表現出絲毫興趣。而到了後來，他連問都懶得問是否有年輕男孩可以作伴。他甚至得出結論：比起性愛歡愉，不如痛飲一杯冰涼的啤酒來得可靠快樂。

不過，就算普魯斯特真有心要依照他那套末日計畫付諸實踐，成功的可能性也是極為渺茫。就在他將答案寄給《不妥協報》的短短四個月後，這位長年預言自己將不久於人世的作家，果真如他自己所言，因一場感冒撒手人寰。那年，他才五十一歲。命運弄人，一場宴會成了他生命的終點。那次，儘管已有些輕微感冒症狀，普魯斯特還是將自己用三件大衣外加兩條毯子裹得緊緊的，如同往常一樣出門。誰知回程時，他不得不在寒風刺骨的院子裡苦等計程車，結果又著了涼。這場著涼很快演變成高燒。本來這高燒或許還有轉機，但普魯斯特把醫生叫到了自己的床邊，卻又偏偏不聽醫囑。為了不耽誤寫作，他婉拒了注射樟腦油的建議，除了一點熱牛奶、咖啡和燉水果之外，幾乎什麼也沒吃，持續埋頭寫作。感冒演變成支氣管炎，再惡化為肺炎。當他一度能坐起身來，還主動要求吃烤比目魚時，在那一瞬間，普魯斯特自己也曾短暫燃起希望。可惜，等魚準備好端上來時，他已經噁心得連一口都吃不下。幾個小時後，普魯斯特便與世長辭了，死因是肺部膿瘡破裂。

幸運的是，普魯斯特對生命意義的思索，並非僅限於那則簡略又多少令人困惑的報紙答覆。直到生命的最後一刻，他都在努力地寫著自己的小說。這本書雖然以一種錯綜複雜、延展跳躍的敘事方式展開，但書中致力回答的核心問題，與那位虛構的美國科學家所提出的預言，可謂殊途同歸。

這部長篇小說的書名本身就給了人一些線索。儘管普魯斯特始終不滿意這個名字，曾多次以「令人不快」（一九一四）、「引起誤解」（一九一五）、甚至「醜陋」（一九一七）來形容，但《追憶逝水年華》這個標題卻有個優勢，它直接點明了小說的中心主旨：一場對於時光流逝與失落背後原因的追尋。然而，這本書並非一部追溯抒情年代軌跡的回憶錄。相反地，它是一部極具實用價值、廣泛適用的指南，教導我們如何停止虛度光陰，開始珍惜生命中的每一刻。

末日的宣告，砸在每個人的心頭。無疑地，這個沉重的話題勢必會主宰我們的思緒，讓人難以自拔。然而，在這片籠罩全球的陰霾中，普魯斯特的鉅著卻像是一縷微光，為我們指引出一條小徑。

無可否認，一旦末日的鐘聲敲響，這個沉重的話題必然會占據每個人的心頭，揮之不去。然而，普魯斯特的這部小說卻指引著我們，在個人乃至地球毀滅之前，從末日的陰影中尋找希望。於是，在最後一次的高爾夫揮桿之前，我們得以重新審視、調整生命的輕重緩急。

2

CHAPTER

如何為自己閱讀

普魯斯特生於一個以緩解他人苦痛為藝術的家庭。他的父親是一名醫師，身形魁梧，蓄著濃密的鬍鬚，儀表堂堂，看起來就像個典型的十九世紀紳士。這位父親散發著一種不容置疑的自信與威嚴，目光如炬，常令他人不自覺地感到自身的脆弱與渺小。他渾身流露出一種屬於那個年代醫師的道德優越感。對於那些曾經歷過喉嚨搔癢或盲腸破裂之苦的人來說，醫生的存在無疑是社會價值的化身。然而，對於那些職業不那麼顯赫的人而言，這種優越感可能會引發一種微妙的不適，導致產生一種因自覺無足輕重而來的焦慮感。

阿德里安・普魯斯特醫師（Dr Adrien Proust）出身於外省[1]小鎮，家境平凡並不顯赫，家中經營一間蠟燭鋪，專供家用與教堂所需。普魯斯特醫師學業優異，逐漸在醫學研究的領域中嶄露頭角，其成就在一篇名為〈腦軟化症的各種型態〉（The Different Forms of Softening of the Brain）的論文中攀至頂峰。此後，他花費大量精力提升公共衛生水準，特別關注於圍堵傳染病，如霍亂和鼠疫的擴散。他也廣泛遊歷國外考察，為當地政府提供對抗傳染病的建議。普魯斯特醫師的努力也受到了應得的讚譽，由於他的貢獻，獲頒第五等榮譽勳章並榮任巴黎大學醫學院衛生學教授，也獲頒由土倫（Toulon）市長致贈的「城市之鑰」榮譽，因為他曾拯救一度瀕臨霍亂疫情爆發的土倫城於水火之中；而馬賽的一所檢疫醫院，更以他的名字為誌。一九〇三年，當普魯斯特醫師過世時，已在國際上名聲斐然。我們幾乎可以想像，當普魯斯特醫師回顧自己的人生歷程時，會這樣做結論：「我已過完快樂的一生。」

在這樣一位光芒萬丈的父親身邊，馬塞爾・普魯斯特難免感到幾分自慚形穢，甚至擔心自己會是父親完美人生中的污點。十九世紀末的布爾喬亞階級[2]家庭中那些被普遍視為理想的職業，在普魯斯特眼中都毫無吸引力可言。他唯一在乎的只有文學，不過，在他青春年少的大部分時光裡，他似乎既缺乏寫作的動力，也沒有表現出創作的才能。

作為一個聽話的兒子，一開始，他努力嘗試去做些父母會點頭稱許的事。他曾想過自己進入外交部、成為律師、股票經紀人，或是在羅浮宮當助理。不過，他的謀職之路被證實了相當坎坷，僅僅兩週的律師實習經歷就足以讓他魂飛魄散，（「即使在我

1 法國人一般統稱巴黎以外的地方為外省（province）。

2 布爾喬亞階級一詞在歷史中不同時間與脈絡下的指涉有所不同，可能意為資產階級或中產階級。

最絕望的時刻，我也想像不出有什麼事比在法律事務所工作更可怕。」）而當他意識到成為外交官意味著要離開心愛的巴黎，和他親愛的媽媽，這個選項也隨即被刪除。二十二歲的普魯斯特焦慮地喃喃自問：「我還能做什麼呢，如果我已經決定了不當律師、醫師，也不想做神父？」

或許，他可以當一個圖書館員。他向馬薩琳納圖書館提出申請，也被錄取了，不過卻是無給職。可能這就是答案了吧，直到普魯斯特覺得圖書館灰塵實在太多，他的肺無法承受，開始越來越頻繁地請起長假。有時，他確實臥床不起，但其他時候呢，他用這些病假過著度假生活，就是絕少埋首案前。他過著令人艷羨的愜意生活，舉辦各種晚宴、外出喝下午茶、花錢如流水。我們幾乎可以想像他父親會有多憂心，這個一生奉行實用主義的男人，從未對藝術表現出絲毫興趣。（儘管有一次，當他在巴黎戲劇院的醫療部門工作時，曾不經意間迷倒了一位美國歌劇演員。這位女士甚至送了他一張自己的照片，照片中她男裝打扮，穿著一條帶褶邊的齊膝馬褲。）普魯斯特不斷缺席工作，一年能露面一次就已經是奇蹟，最後，即使是對他異常寬容的那些圖書館主管也失去了耐心。在入職五年後，他終於被解僱了。這一次，真相赤裸裸地擺在所有人面前，尤其是他那失望透頂的父親——普魯斯特永遠也不會有一份像樣的工作了，他將永遠依賴家庭的經濟支持，去追求他那毫無報酬又業餘的文學興趣。基於他一貫的表現，當他對女僕傾吐心情，竟顯露出企圖心時，難免令人感到詫異。在雙親相繼離世後，他終於開始提筆寫作。

「啊，賽萊斯特（Céleste），」他說，「真希望我能肯定地說，我的作品所能給讀者帶來的功效，就像我父親給予病人的幫助一樣多。」

文學作品帶來的功效，能夠比擬普魯斯特醫師對於受霍亂和鼠疫之苦的病人所帶來的貢獻？不言自明，即使不是土倫市長，也能充分理解普魯斯特醫師在改善人類處境方面的影響力。然而，普魯斯特心中所期盼的，要透過《追憶逝水年華》這七卷巨著所帶來的，究竟是何種療效？一部長篇巨作，或許能在橫跨西伯利亞大草原的漫長車程中為旅人解悶，但我們是否真能宣稱，它所帶來的益處可以與一個運作良好的公共衛生系統相提並論？

若我們難以認同普魯斯特的企圖心，根本原因可能在於我們對文學小說的療癒效果感到質疑，而非對印刷文字價值的全盤否定。即便是普魯斯特醫生，儘管他在許多方面都難以理解兒子的職業選擇，卻也並非對所有類型的出版物都抱持敵意。事實上，他本人就是一位多產的作家，在相當長的一段時間裡，他在書店中的知名度都遠勝於他兒子。

然而，與他兒子的作品形成鮮明對比的是，普魯斯特醫師著作的實用價值從未受到質疑。在他出版的三十四本書中，他孜孜不倦地探索各種提升大眾身體健康的方法。他的著作主題廣泛，從《歐洲抵抗鼠疫之道》（*The Defence of Europe Against the Plague*）這樣的宏觀研究，到薄薄一本針對當時新興問題的專著《電池製造工人的鉛中毒現象觀察》（*Saturnism as Observed in Workers Involved in the Making of Electric Batteries*）。

不過，普魯斯特醫師最為人所知的，恐怕還是那一系列文字簡練、生動有趣、通俗易懂的書籍，涵蓋了人們渴望了解的各種健康知識。若將他譽為自我救助和健康保健類書籍的先驅和大師，想必不會有違他的本意。

《衛生的要素》（*Elements of Hygiene*）堪稱普魯斯特醫師的代表作。這本於一八八八年問世的自我救助書籍，以生動的插圖為輔，主要針對青春期少女而寫。在當時的社會背景下，這群年輕女性被視為亟需健康指導的對象，目的是為了孕育出強壯的新一代法國公民。畢竟，在經歷了一個世紀的血腥征戰之後，國家正面臨著人口短缺的窘境。

自普魯斯特醫師的時代開始，對健康生活方式的關注便不斷與日俱增。在他提出的諸多獨到見解中，有幾項尤其值得一提。

普魯斯特醫師如何增進你的健康

❶ 背痛

背痛這種常見的困擾，幾乎都源於姿勢不良。少女在縫紉時必須謹慎地維持正確姿態。她不該前傾身子，也不宜交叉雙腿，更不可使用過矮的桌子，矮桌會擠壓到重要消化器官，妨礙血液的正常循環，同時也會導致脊椎過度勞累。這個問題可見於圖一。（圖一）少女們應該仿效圖二的姿勢。（圖二）

❷ 緊身胸衣

普魯斯特醫師對當時流行的緊身胸衣，毫不掩飾其強烈的厭惡之情。在他眼中，這無異是自我傷害和變態的做法。（他還特別釐清苗條與吸引力之間的差別，教育他的讀者：「瘦的女人遠遠不是精緻纖巧的女人。」）為了進一步警示那些可能被緊身胸衣迷惑的年輕女孩，普魯斯特醫師在書中特意加入了插圖，展示緊身胸衣對脊椎造成的毀滅性傷害。（圖三）

❸ 運動

與其用人工造作的方式偽裝好身材，普魯斯特醫師提倡一種更為自然、健康的方式。他建議執行定期的運動計畫，在書中羅列了一系列實用又不費力的運動建議：從牆上一躍而下（圖四）、自由跳躍（圖五）、揮舞手臂（圖六）、在單腳基礎上維持平衡（圖七）

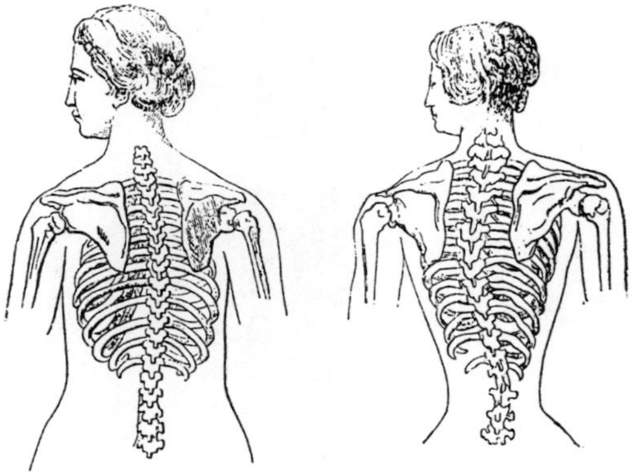

↑ 圖一
→ 圖二
↓ 圖三

圖四　從牆上一躍而下

圖五　自由跳躍

圖六　揮舞手臂

圖七　在單腳基礎上維持平衡

面對這樣一位精通有氧運動操作說明，對緊身胸衣和縫紉姿勢都能提出有效建議的父親，小說家普魯斯特拿自己的代表作與父親的三十四本著作相提並論（其中甚至包括了《衛生的要素》這樣的佳作），不免顯得有些草率，或者可說是野心過高了。然而，與其苛責小說家普魯斯特，我們或許該問問：我們真的期待任何小說具有治療的功效嗎？這種文學形式本身，真的能比阿斯匹靈、一次鄉間漫步，或一杯不帶甜味的馬丁尼，提供更多慰藉嗎？

退一步說，我們或許可以肯定小說的逃避功能。即便身陷某些熟悉或習慣的困境中難以脫身，此時，在車站書報攤隨手買本平裝書，就能瞬間找到樂趣。（「我曾被觸及更廣泛讀者群的想法所吸引，我想，這類讀者很可能會在搭火車前，買本印刷粗糙的書。」普魯斯特指出。）一旦踏上車廂，我們便能暫時脫離眼下的環境，沉浸在一個更愉悅的，或至少是帶來不同滿足的世界裡。偶爾，我們會從劣質印刷的書頁中抬頭，望向車窗外飛逝的風景，此時一個脾氣暴躁、戴著單片眼鏡的男爵正準備步入他的會客室——我們繼續閱讀，直到廣播聲宣告目的地已達，煞車不情不願地發出尖銳的摩擦聲。至此，我們再次從現實中誕生：車站、青灰色鴿群漫步著，時而狡黠地啄食著被丟棄的糖果。（普魯斯特的女僕賽萊斯特在她的回憶錄中，善意地提醒那些因為在火車上讀不進去普魯斯特小說，而感到沮喪的讀者，表示普魯斯特的作品並不適合在短暫的站與站之間倉促閱讀。）

將小說作為逃離現實的工具雖然能帶來莫大的愉悅，但這並非欣賞這個文類的唯一途徑。顯然，這也不是普魯斯特所推崇的閱讀方式，更不太可能是實現他那崇高治療意圖（如他曾向女僕吐露的）的有效方法。

要洞悉普魯斯特對於閱讀之道的獨特見解，最佳線索，或許就藏在他欣賞畫作的方式中。在普魯斯特辭世後，他的朋友呂西安・都德（Lucien Daudet）寫了一篇追思文，回憶兩人共度的時光，其中提到了他們一同參觀羅浮宮的經歷。每當普魯斯特駐足於一幅畫作前，他總有個習慣，試圖將畫中人物與現實生活中熟識之人進行比擬。都德說道，他們步入一個展廳，眼前懸掛著吉蘭達約[3]的作品《老人與小男孩》（*An Old Man and a Boy*）。這幅畫完成於一四八〇年代，畫中有一位面容和善的男子，鼻尖上長了好幾顆癰瘡。（圖八）

普魯斯特凝視吉蘭達約的畫作良久，忽而轉身對都德說道，這個男人豈不是與德勞侯爵（Marquis de Lau）長得一模一樣？那位在巴黎社交圈中赫赫有名的人物？

多麼不可思議啊，竟能在十五世紀末的義大利人像畫中，認出一位十九世紀末的巴黎侯爵。更巧合的是，侯爵恰好留下了一張照片。那是一幅公園裡的合影，侯爵坐在公園裡，身邊圍著一群身著華麗連衣裙的女士，她們穿戴的那種精緻服飾，需

圖八

3 吉蘭達約（Domenico Ghirlandaio，1448-1494），義大利文藝復興時期畫家，擅長大型濕壁畫。

要五個女僕協力才能夠裝扮完成。照片中的侯爵本人，則一身深色西裝，燕領，袖口綴以袖釦，頭戴高筒禮帽。

若我們能暫時忽略那身十九世紀裝束，以及低畫質的照片成像，我們確實能從中窺見一絲端倪——他的容貌似乎確與吉蘭達約筆下那位鼻尖生癰的文藝復興時期男子，有著驚人的相似之處，兩人彷彿失散多年的兄弟，只是被幾個世紀的時光和遼闊的地理空間戲劇性地分隔開來。（圖九）

圖九

在兩個顯然生活在截然不同時空的人物之間，創造視覺連結的可能性，或許正是普魯斯特提出以下觀點的原因：

「從美學角度來看，人類型態的數量實在有限，以至於我們必須經常性地，不論在何處，學會藉由在其中辨認出我們所熟悉的人，找到樂趣。」

這種樂趣絕非僅止於視覺層面。人類型態的有限性意味著，我們有機會在完全意想不到的地方，重複讀取某個我們認識的人。

舉例來說，在普魯斯特小說《追憶逝水年華》的第二卷中，敘事者造訪諾曼第（Normandy）海濱的度假勝地巴爾別克（Balbec）。在那裡，他邂逅了一位名叫阿爾貝婷（Albertine）的年輕女子，愛上了她。阿爾貝婷那不羈的神情、靈動的笑眼、豐潤的面龐，以及對黑色馬球帽的鍾愛，看到這些描述，彷彿也在描繪某個我曾經認識的女孩。普魯斯特筆下的阿爾貝婷是這樣說話的：

> 阿爾貝婷說話時，頭部一動不動，鼻翼微縮，雙唇輕啟。這種姿態產生了一種黏膩而帶鼻音的聲調，其成因或許來自外省的遺傳，抑或是年輕人模仿英國式的矯揉淡漠，也像是外國女教師的授課腔調，或者根本是鼻黏膜充血腫脹所致。隨著她日漸與人熟識，這種或許令人不快的聲調，往往會被少女的音色取代。然而，對我而言，我卻格外鍾愛那種獨特的腔調。每當我離開幾日未見她，我便會在心中重溫她的相貌聲調，藉此振奮精神：「怎麼再沒見你打高爾夫了。」即使帶著鼻音，毫不修飾地說了出來，甚至連臉都沒有動一下。我想著，世上再沒有誰能令我如此著迷了。

當閱讀某個虛構角色的描述時，很難不聯想起現實生活中的熟人，而且令人意外的，其相似程度往往令人驚訝。就我而言，我確實幾乎難以將普魯斯特筆下的蓋爾芒特公爵夫人（Duchesse de Guermantes），與我某位前女友那五十五歲的繼母區分開來。儘管這位毫無城府的女士完全不諳法語，沒有貴族頭銜，而且居住在加拿大北部的德文郡（Devon）。

此外，還有那位猶豫不決、羞怯內向的小說人物薩尼埃特（Saniette），當他詢問是否能夠參觀敘事者在巴爾貝克的旅館時，用一種驕傲而又防衛的語調掩飾著內心友善的意圖。這項特質，與我大學時期的一位舊識一模一樣，我這位舊識極度害怕處於被拒絕的境地，對此有著近乎偏執的堅持。

「接下來幾天，你該不會剛好有安排吧？我可能會在巴爾貝克附近。也沒什麼大不了的，就是隨口問問。」書中角色薩尼埃特對敘事者說，這語氣與菲利浦晚上邀我出去時如出一轍。

至於普魯斯特筆下的吉爾貝特（Gilberte），這個角色專橫地決定了讓自己在我心中與茱莉亞緊密相連。茱莉亞是我十二歲那年滑冰假期認識的女孩，她曾兩次邀我喝茶（她慢條斯理地吃著千層酥，酥皮碎屑灑落在她的印花裙上）。那個跨年夜我吻了她，此後再未相見。她當時住在非洲，若少女時的夢想得以實現，也許現在正在那裡當護士吧。

普魯斯特的一句註腳顯得格外貼切：「一個人讀小說時，必然會從女主角身上看到所愛之人的特質。」這話自然而然地又讓我想起了角色阿爾貝婷，她最後一次出現在巴爾貝克的海灘上時，依舊是那雙靈動的笑眼，戴著黑色馬球帽，活脫就是我女友凱特的翻版。只不過凱特從未讀過普魯斯特的作品，她更喜歡於喬治・艾略特[4]，或是在忙碌一天後隨手翻閱《美麗佳人》（*Marie Claire*）雜誌。（圖十）

圖十

4 喬治・艾略特（George Eliot，1819-1880），原名瑪麗・安・艾凡斯（Mary Ann Evans），英國小說家，代表作為《米德爾馬契》。

我們的生活與我們閱讀的小說之間，存在著這種親密的共通性，或許正是普魯斯特這番話的理由：

> 在現實生活中，每個讀者在閱讀時仍然是他自己。作者的任務，僅僅是作為某種光學儀器，讓讀者得以辨識出那些若非透過閱讀，他可能永遠無法體驗的經歷。而讀者從書中認出屬於自己的東西，正是真實性的明證。

然而，讀者為何要追求成為原本的自己？為何普魯斯特要強調我們自身與藝術作品之間的聯繫，一如他在小說中想傳達的，一如他自己參觀美術館的習慣？

一個可能的答案是，這是藝術適切地影響人生的唯一方式，而非僅僅作為讓我們轉移注意力的方法。有鑑於此，我們姑且將之命名為「德勞侯爵現象」（Marquis de Lau phenomenon; MLP）；這現象可帶來一系列非凡的益處，關乎我們如何在阿爾貝婷的身影中認出凱特、在吉爾貝特的描寫中看到茱莉亞，更寬泛地說，這更關乎我們在車站購買的粗糙平裝書中認出自己的可能性。

「德勞侯爵現象」的優點

❶ 在每個地方都找到歸屬感

我們竟能在一幅四個世紀前的肖像中認出某個熟悉的面孔，這一驚人的事實暗示了，在普遍的人性面前，其他任何超越理論的信念都難以立足。普魯斯特對此有自己的見解：

遙遠年代的人們似乎與我們相隔千山萬水。我們總覺得，除非他們曾明確表達過，否則無權將任何未明言的意圖歸於他們身上。當我們在荷馬時代的英雄身上，發現與我們今時今日所感受到的情感相仿時，不禁感到訝異……在我們的想像中的，史詩詩人荷馬與我們之間的距離，就如同我們與動物園裡的動物一般，分屬兩個世界。

初次接觸《奧德賽》（*The Odyssey*）[5]書中的角色時，唯一合理的本能反應，或許

5 《奧德賽》被認為創作於公元前八世紀末，由盲眼詩人荷馬所作，《奧德賽》延續了《伊里亞德》中的故

就是瞪著他們看，將他們當做在動物園圍欄內轉圈的一窩鴨嘴獸。這種驚愕與困惑的程度，絕對不亞於看到一個蓄著濃密鬍鬚、古怪卻又魅力十足的傢伙，站在一群身著年代服飾的朋友之中，忽然開口說起話來。（圖十一）

然而，隨著我們與普魯斯特和荷馬的接觸逐漸深入，慢慢帶來一個好的轉變，我們得以發現，那個曾經令人生畏的遙遠世界，逐漸揭示出自己的樣貌，其本質與我們的世界相差無幾。這種認知擴展了我們對「家的感覺」的範圍，這也意味著，我們得以打開那些想像中的動物園的柵欄，釋放出一長串被囚禁在特洛伊戰爭（the Trojan War）或聖日爾曼區（Faubourg Saint-Germain）的造物；我們不該僅僅因為他們有著「尤麗克萊亞」（Eurycleia）[6]和「鐵拉

圖十一

馬庫斯」（Telemachus）[7]這樣的名字，而且從未發出過一封傳真，就對他們抱持毫無根據又短視的懷疑目光。

2 寂寞的解藥

於此同時，我們也將自己從動物園中釋放出來。一般人口中的「正常」，相較於人類在任何地點、任何情境下所能感受到的「真正的正常」，很可能只是一種簡化版本。因此，虛構人物的經歷為我們提供了人類行為大幅擴展後的圖譜，讓我們認識到，那些在日常環境中未被言明的想法和感受，其實本質上都是正常的。

當我們的愛人整頓晚餐都顯得心不在焉，而我們幼稚地挑起爭執時，普魯斯特筆下敘事者的坦白會讓我們如釋重負。他向我們坦承：「當我發現阿爾貝婷待我不好時，我沒有表達我的傷心，反而瞬間變得卑鄙。」以及「我從未表示過想和她分手的慾望，

事，這部史詩是古希臘重要史詩，被譽為西方文學奠基之作。

6 尤麗克萊亞（Eurycleia）是希臘神話中的角色，是奧德修斯的乳母。

7 古希臘神話中的男性人物，事跡見《奧德賽》，其父是奧德修斯，在特洛伊戰爭後曾歷盡艱辛尋父。

除非當我感覺不能沒有她的時候。」讀到這些，我們自己戀愛中的小脾氣似乎也不再像是那些古怪的鴨嘴獸了。

「德勞侯爵現象」也有著相似的效果：它減輕了我們的孤獨感。當戀人表示需要更多個人空間時，實則他正以盡可能溫柔的方式拋棄我們；正值失戀的此刻，躺在床上讀著普魯斯特，看到他筆下的敘事者凝練地提出此等精闢觀察，實是一大慰藉：「當兩個人分手時，不愛的那一方反而說著更溫柔的話語。」看著一個虛構角色（在閱讀的魔力下神奇地化身為我們自己）同樣承受著被溫柔分手的痛苦，並且仍然活了下來，是多麼令人感到安慰啊。

3 直指人心的能力

小說的價值，不僅在於忠實描繪了與我們生活相似的情感與人物，更在於它將這些描繪擴展到我們自身能力所不及的境界。它精準地捕捉到那些我們能夠擁有、能夠感受，卻難以組織言語加以表達的微妙情緒。

我們或許都曾遇到過，如同虛構角色蓋爾芒特公爵夫人（Duchesse de Guermantes）這樣的人物，感受到她舉止中那份若有似無的優越感和傲慢，卻難以準確描述。直到普魯斯特以他細膩的筆觸，在括號中小心翼翼地點明公爵夫人的反應：在一場精緻的晚宴上，德加拉東夫人（Mme de Gallardon）犯了個錯誤，對蓋爾芒特公爵夫人表現得過於親暱，竟直呼蓋爾芒特公爵夫人的名字奧莉安娜〔蓋爾芒特公爵夫人又名奧莉安娜・德・洛姆（Oriane des Laumes）〕：

「奧莉安娜，」（德・洛姆夫人隨即以一種令人玩味的訝異神情，望向虛空中某個隱形的第三人，彷彿在命此人做見證，她可從未允許德加拉東夫人如此直呼她的名字。）……

閱讀一本如此細膩入微的作品，將這麼多心力放在各種幽微卻重要的細節變化，當我們闔上書本重返日常生活時，可能會在不經意間與作者筆下的事物相遇，彷彿作者就在我們身邊一樣。我們的心智就像是重新校準過的雷達，得以捕捉漂浮在意識邊緣的微妙波動，這就像是帶著收音機進入一個原本以為寂靜的房間，卻發現這份靜默只存在於某個特定頻率上，其實，我們一直與各種聲波共享這個房間——或許是來自烏克蘭的電台廣播，或許是計程車站深夜打發時間的閒聊。我們會開始注意到，天空明暗的層次變化、人臉上表情的細微起伏、朋友言行間的不一致，或者，被某個場景突然喚起一陣憂傷，而我們原本甚至不知道自己會為此感到悲傷。這樣的作品以它建構出的敏銳觸角，喚醒我們麻木已久的感知，讓我們重新變得敏感而富有洞察力。

這也是普魯斯特為何會如此建議（他謙遜地未曾以文字的方式，將自己的小說作品納入其中）：

當我們閱讀一部天才的傑作時，常會在其中驚喜地發現，那些被我們輕視的念頭、受到壓抑的喜悅和哀傷，以及那一整個遭受我們蔑視的屬於情感的世界。書本會循循教導我們，將這些事情賦予價值，讓我們重新認識自己的內心。

3

CHAPTER

如何悠閒度日

不論普魯斯特的作品有多少優點，但即便是最狂熱的擁護者也難以否認，它那驚人的篇幅是最令人望而生畏的首要特徵。就如普魯斯特的弟弟侯貝爾（Robert Proust）所言：「可惜的是，人們必須是病得嚴重，或是摔斷了腿，才有機會展讀《追憶逝水年華》。」

然而，當這些人臥病在床、腿上纏著厚重的石膏，或是被診斷出肺結核時，此時他們要面臨的卻是另一番挑戰：普魯斯特那連綿不絕的長句；這些句子宛如蛇般盤旋曲折，其中最長的一句落在第五卷。若單獨將這句子抽出來，用標準印刷字體排成一行，能夠延伸將近足足四公尺之長，長度能夠環繞紅酒瓶底部十七圈之多：

阿弗烈德・安布羅（Alfred Humblot）從未

A sofa that had risen up from dreamland between a pair of new and thoroughly substantial armchairs, little chairs upholstered in pink silk, the brocaded covering of a card table raised to the dignity of a person since, like a person, it had a past, a memory, retaining in the chill and gloom of the Quai Conti the tan of its sun-warming through the windows of the Rue Montalivet (where it could tell the time of day as accurately as Mme Verdurin herself) and through the glass doors at La Raspelière, where they had taken it and where it used to gaze out all day long over the flower beds of the garden at the valley below, until it was time for Cottard and the violinist to sit down to their game; a bouquet of violets and pansies in pastel, the gift of a painter friend, now dead, the sole fragment of a life that had vanished without leaving any trace, epitomizing a great talent and a long friendship, recalling his gentle, searching eyes, his shapely, plump and melancholy hand as he painted it; the attractively disordered clutter of the presents from the faithful which had followed the lady of the house from place to place and had come in time to assume the fixity of a trait of character, of a line of destiny; the profusion of cut flowers, of chocolate-boxes, which here as in the country systematized their efflorescence in accordance with an identical mode of blossoming; the curious interpolation of those singular and superfluous objects which still appear to have just been taken from the box in which they were offered and remain for ever what they were at first, New Year presents; all those things, in short, which one could not have isolated from the rest but which for Brichot, an old habitué of the Verdurin festivities, had that patina, that velvety bloom of things to which, giving them a sort of depth, a spiritual Doppelgänger has come to be attached – all this sent echoing round him so many scattered chords, as it were, awakening in his heart cherished resemblances, confused reminiscences which, here in this actual drawing room that was speckled with them, cut out, defined, delimited – as on a fine day a shaft of sunlight cuts a section in the atmosphere – the furniture and carpets, pursued, from a cushion to a flower-stand, from a footstool to a lingering scent, from a lighting arrangement to a colour scheme, sculpted, evoked, spiritualized, called to life, a form of which was as it were the idealization, immanent in each of their successive homes, of the Verdurin drawing room.

見過如此特異的文字。作為備受尊崇的奧蘭朵夫（Ollendorf）出版社社長，他在一九一三年初收到了旗下作家路易・侯貝爾（Louis de Robert）的請託，希望他能考慮出版普魯斯特的手稿。路易・侯貝爾一直在為普魯斯特奔走，尋求出版機會。

「我親愛的朋友，或許是我愚鈍吧，」安布羅草草翻閱了小說開頭幾頁，臉上寫滿困惑，「但我實在無法理解，為何一個年輕人要花上三十頁來描述他如何在床上輾轉反側、難以成眠？」

安布羅一點也不孤單。幾個月前，法斯凱爾（Fasquelle）出版社的審稿人賈克・馬德連（Jacques Madeleine）也曾被要求審閱同一份稿件。「讀完這七百一十二頁稿件後，」他的報告寫道，「我無數次陷入深不可測的迷霧中，感到沮喪不已；又因敘事重點始終無法真正浮出水面而焦躁不安。能不能有一個，哪怕只有一個線索能讓我明白這本書到底在講什麼，這一切的重點何在？它究竟想表達什麼？這部小說要引領我們走向何方？完完全全無法得知！根本無從評論！」

儘管如此，賈克・馬德連還是勉強總結了前十七頁的內容：「一個男人深受失眠之苦。他在床上輾轉反側，反覆捕捉半夢半醒間的印象和幻覺，其中一些，是關於他童年時在父母位於貢布雷（Combray）的鄉間小屋中，那些在房間內難以入眠的夜晚。

整整十七頁！甚至有一個句子（從第四頁末尾延續到第五頁）長達四十四行之多。」

由於所有出版社都共享了這份感受，普魯斯特不得不自費出版作品。（這倒讓他在多年後，得以享受那些後悔莫及、恍然大悟的道歉。）然而，對本書過於冗長的批評並未就此消失。一九二一年底，當他的作品已廣受讚譽時，普魯斯特收到了一位美國讀者的來信。這位自稱二十七歲、住在羅馬、擁有驚人美貌的讀者說，過去三年來她除了閱讀普魯斯特的小說外，什麼事都沒做。不過，她還是有個問題：「我看不懂，真的一點都不懂。親愛的馬塞爾．普魯斯特先生，拜託別再故弄玄虛了，下到凡間來好嗎？直接用兩句話告訴我，你到底想說什麼？」

這位羅馬美女的挫折感，暗示著普魯斯特「裝模作樣」的文風，已經逾越了篇幅的基本準則，以多於常規的字數去描述某些經歷。準確地說，他的問題不在於寫得太多，而是在值得關注的重大事件上，令人難以忍受地偏離主題。入睡？本該用兩個字就能道盡一切的事，最多，寫到四行吧，如果我們假設主角消化不良，或院子裡的德國牧羊犬即將生產。然而，普魯斯特這種離題的傾向並不僅限於入睡這個主題，無論是晚宴、誘惑還是嫉妒，他永遠會不由自主地走上岔路。

這或許也解釋了「全英普魯斯特摘要競賽」（All- England Summarize Proust

Competition）的靈感來源。這場比賽由電視節目《蒙提・派森》（Monty Python）主辦，地點選在南海岸的一處海濱度假勝地舉行。參賽者需在十五秒或更短的時間內，概括普魯斯特的七卷鉅著，同時還得身著泳裝和晚禮服發表他們的總結。第一位上場的是來自盧頓的哈利・巴格特，他匆忙地開口道：

「普魯斯特的小說表面上探討了時間流逝的不可逆性、純真與經驗，重塑了超越時間的價值，並重新尋回時間中的記憶。歸根結柢，這是部樂觀的作品，且置於人類宗教經驗的背景之中。在第一卷裡，斯萬拜訪了……」

可惜，十五秒轉瞬即逝，他無法再說下去了。「不錯哦，很好的嘗試，」遊戲節目主持人帶著幾分可疑的誠意評論道，「不過，遺憾的是，他選擇了對作品做出籠統的概括，而沒有進入具體細節。」主持人感謝他的參與，順帶誇讚了幾句他的泳褲，然後將他請下了舞台。

儘管個別參賽者紛紛失利，但這並未動搖人們的信念。主辦方與參賽者仍然樂觀地相信，只要找到那位天選參賽者，必能在短短十五秒內，濃縮出一段合適的普魯斯特作品總結。這樣的信念代表了，人們相信原本橫跨七卷鉅著才能完整表達的內容，在合適的提煉濃縮後，也不會喪失它的完整性或意義。

普魯斯特早餐吃什麼？在他身體健康還未每況愈下之前，總以兩杯濃郁的咖啡佐牛奶開始一天，咖啡盛於刻有姓名縮寫的銀壺中，沖泡時他喜歡咖啡粉壓得嚴實，讓熱水一滴一滴緩緩滲透濾網，搭配咖啡的則是可頌麵包，由女僕從一家擅長做可頌的麵包坊買來。他會將可頌浸入咖啡中享用，一面查看信件一邊翻閱報紙。

然而，閱報對他而言，感受可謂相當複雜。縱使將七卷小說濃縮至十五秒的嘗試，聽來十分不可思議，卻遠不及報紙日復一日對世間萬象所做的壓縮。足以輕鬆撰寫二十卷書的事件內容，在此被擠壓成窄小的專欄，與其他眾多曾轟動一時、如今已顯得乏味的戲碼，爭奪著讀者的注意力。

「這種可惡又感官的行為，叫做閱讀報紙。」普魯斯特寫道，「多虧了這種行為，過去一天二十四小時裡全宇宙中所有的不幸與災難：造成五萬人喪生的戰役、謀殺案、罷工潮、破產、火災、毒害、自殺、婚姻破裂、政客與明星冷血無情的表演……這一切事件都被轉化成了我們晨間的享受。我們根本毫不在乎，將它們與幾口咖啡拿鐵完美融合，以一種特別令人刺激、振奮的方式吞嚥入腹。」

再喝一口咖啡就足以分散我們對事件的注意力，不再對那些密密麻麻、此刻或許沾滿麵包屑的紙頁投以應有的關切，其實這似乎也不令人意外；事件越是被壓縮，就越不值得擁有超越它當下占據空間以外的注意力。想像今天什麼也沒發生是多麼容易啊，我們可以輕易抹去那五萬條逝去的生命，嘆口氣，隨手將報紙扔到一旁，然後為日常生活的乏味感到微微憂傷。

但這並非普魯斯特的作風。或許，從他友人呂西安・都德一句脫口而出的評論中，我們可以一窺普魯斯特的哲學——不僅僅是閱讀的哲學，更是人生的哲學：

> 普魯斯特讀報非常仔細，連新聞提要也不放過。透過他的講述，每則簡短的新聞提要都能因其豐沛的想像力與幻想，化作一部完整的或悲劇或喜劇的長篇小說。

普魯斯特每日必讀《費加洛報》（*Le Figaro*），上頭的新聞摘要對於膽小者而言恐怕難以消化。以一九一四年五月某個平凡的早晨為例，讀者或許會看到這樣的內容：

> ＊維爾邦聶街一個熙來攘往的十字路口，一匹失控的馬突然闖入電車後廂，引

發一陣混亂。車廂內乘客被撞倒，其中三人傷勢嚴重，必須即刻送醫急救。

＊馬塞爾・佩尼先生在奧布省電力站工作。他在向友人介紹該所運作的同時，不慎以手指碰觸高壓電纜，當場遭到電擊身亡。

＊昨日，在巴黎地鐵的共和國站，一位名叫朱爾・荷那的教師持槍開向胸口自盡身亡。荷那先生因難以承受不治之症的折磨，選擇了這條路。

這樣的事件能夠演變成什麼悲劇或喜劇小說呢？我們先來看看朱爾・荷那。他任職於左岸女子學校，是一位婚姻不幸、患有哮喘的化學教師，最近又被診斷出患有結腸癌，這情節彷彿出自巴爾扎克[1]、杜思妥也夫斯基[2]和左拉[3]的筆下。而馬塞爾・

---

1 巴爾扎克（Honoré de Balzac，1799-1850），法國十九世紀著名現實主義作家，代表作為《人間喜劇》（*Comédie Humaine*）。

2 費奧多爾・杜思妥也夫斯基（Fyodor Mikhaylovich Dostoyevskiy，1821-1881），擅長心理描寫，重要作品有《罪與罰》（1866年）、《白痴》（1869年）以及《卡拉馬助夫兄弟們》（1880年）。

3 愛彌爾・左拉（Émile Zola，1840-1902），十九世紀法國知名作家，自然主義文學代表人物，知名作品為《盧貢—馬卡爾家族》。

佩尼的故事呢？他在向朋友展示自己對電力硬體設備的知識時，觸電不幸喪生，起因很可能只是為了促成兔唇的兒子塞爾吉，與朋友那不穿束腰的女兒瑪蒂爾德的婚事。至於那匹在維爾邦聶街上大鬧的馬，或許，牠正懷念著過去的競技馬生涯，因為懷舊情感而誤判了場景，也可能，牠是為了復仇，因為牠的兄弟在市集廣場上被電車撞死，之後甚至還被宰成馬排——最後這個故事情節倒是很適合作為連載小說的形式。

普魯斯特如何善用他蓬勃的想像力來充盈事件細節，此處還有一個更為嚴肅的例子。一九〇七年一月，當他讀報紙時，一則新聞摘要的標題「瘋狂的悲劇」（A Tragedy of Madness）登時吸引了他的注意。一名出身布爾喬亞階級的年輕人亨利．范．布拉倫伯格（Henri van Blarenberghe），彷彿忽然被剎那的瘋狂所宰制，手持廚刀揮向他的母親，最終殺死了她。母親臨死前嚎叫道：「亨利，亨利，你對我做了什麼？」她高舉雙臂仰天哭泣，隨即癱倒在地上。范．布拉倫伯格隨後便將自己反鎖在房間裡，企圖拿刀割喉自盡，但他遇上了困難，無法切斷正確的靜脈，於是，他轉而拿起手槍，抵著自己的太陽穴就是一槍；無奈的是，他顯然也不是使用這種武器的專家，沒有當場斃命。當警察（其中一個還碰巧也姓普魯斯特）抵達現場時，他們發現范．布拉倫伯格在自己的房間裡，血肉模糊地躺在床上，一隻眼睛透過連接的組織懸掛在滿是鮮血的眼窩外。警方隨即審問他，房門外倒在血泊中的母親是怎麼回事，但范・布拉倫伯格在做出充分陳述之前，就不支身亡了。

如果不是碰巧認識兇手，普魯斯特可能很快就會翻過這頁報紙，再喝上一大口咖啡。不過，他曾多次在晚宴上遇見這位彬彬有禮、情感細膩的亨利・范・布拉倫伯格，兩人之後還有數次書信來往。事實上，就在幾週前，普魯斯特才收到了一封，信中這位年輕人問候他的健康狀況，還為彼此送上新年祝福，並期待能早日再見到普魯斯特。

出版人阿弗烈德・安布羅、審稿者賈克・馬德連，以及那位原籍美國，現居羅馬的美女讀者可能會認為，面對這種殘忍無道的罪行，唯一正確的文學反應方法，就是給出一兩個表示震驚的詞。然而，普魯斯特卻為此寫了整整長達五頁的文章，試著將這個血腥故事，那個懸掛在外的眼球、用以殺戮的廚房刀具，置放到一個更廣大的脈絡之中來探討；不是將其視為悖逆常倫、令人難以置信的變態謀殺，而是將它放到人性悲劇層面的表現來理解。這種悲劇性，自古希臘時期以來，一直是許多偉大西方藝術作品所探討的中心主題。對普魯斯特來說，亨利・范・布拉倫伯格刺死母親時的盲目狀態，有如希臘戰士大埃阿斯（Ajax）[4]的混亂狂怒，他在盛怒下將牧羊人和他們的羊群屠殺殆盡；亨利・范・布拉倫伯格就是伊底帕斯（Oedipus）[5]，他那垂懸的眼珠子，不正與伊底帕斯用死去的柔卡絲塔（Jocasta）[6]裙上的金釦刺穿自己眼球的方式相呼應嗎？范・布拉倫伯格親眼見到母親死去時，一定感到悲痛欲絕，這也讓普魯斯特想起了李爾王（King Lear），當他擁抱愛女科迪莉亞（Cordelia）[7]的屍體，哭喊著：「她永遠消失了，已經像塵土般死寂。不，不！沒有生命了！為什麼？為什麼狗、馬、老鼠都還活著，而你卻沒有一點呼吸？」當警察普魯斯特趕到案發現場，詰問即將斷氣的范・布拉倫伯格時，小說作者普魯斯特卻感覺，此刻的自己就像肯特[8]，明智地要埃德加[9]別叫醒失去意識的李爾王：「不要惹惱他的魂靈，哦！讓他走吧；唯有那些恨他的人，才會希望他在這個艱難世界待得久些，忍受更多的折磨。」這些富有文學性的引經據典，不單是為了給人留下深刻印象（儘管普魯斯特確實覺得「一個人絕不能錯過引用別人的機會，別人的東西總是比自己的有意思。」）更利用這種方式揭示了弒母的普遍意義。對普魯斯特來說，范・布拉倫伯格的犯罪對每個人來說都有意義，我們不能僅僅將它看作單一事件，而不以整體方式看待；即使只是忘了給母親寄一張生日卡，我們也能夠從范・布拉倫伯格夫人臨死時的哭聲中，辨識出自身罪惡感的痕跡。她哭喊：「你對我做了什麼！你對我做了什麼！」如果我們願意去思考，普魯斯特寫道，「也許沒有一個真正慈愛的母親，不會在她臨終的那一天，或者經常是在更早之前，向她的兒子提出這種責備。事實上，隨著年齡增長，我們最終往往會深深傷害那些愛我們的人，因為他們愛我們太深了，因為我們總是無止境地令他們擔憂、焦慮。」透過普魯斯特對新聞事件的思索，一個原本看似只值得在新聞摘要中敘述短短幾行的可怕事件，已經融入了悲劇和母子關係這個宏大主題的歷史中。當伊底帕斯的故事發生在舞台上時，人們通常願意以複雜的同理心去審視它的來龍去脈；但當它成

4 大埃阿斯（Ajax），希臘神話人物，為特洛伊戰爭中希臘軍的英雄之一，最終在狂怒中拔劍自殺。

5 伊底帕斯（Oedipus），古希臘悲劇《伊底帕斯王》中底比斯的國王，在不知情的情況下弒父娶母。

6 柔卡絲塔（Jocasta），古希臘悲劇《伊底帕斯王》中伊底帕斯的母親，同時也是妻子。

7 莎士比亞的著名悲劇作品《李爾王》中，科迪莉亞是他最寵愛的小女兒，但因為拒絕奉承父親而遭疏遠，父親醒悟後已後悔莫及。

8 肯特（Kent），劇作《李爾王》中的忠臣角色，最終殉君。

9 埃德加（Edgar），劇作《李爾王》中大臣葛羅斯特的長子，忠厚善良，跌入他人的圈套。

為晨報上的事件，案情被渲染報導時，這種同理心卻往往被認為是不恰當的，甚至引人側目了。

這也凸顯了人類的重要經歷是多麼容易被簡化、壓縮，多麼容易被忽略。我們用以衡量事物價值與重要性的準繩，那些自以為明確的指標，竟是如此脆弱。

設想一下，如果我們是通過早餐時的報紙摘要，初次接觸那些經典文學和戲劇作品的主題，會是什麼情況？恐怕全都會被我們匆匆略過，視為索然無味且毫無意義吧。

＊維洛那（Verona）愛侶的悲劇：一位年輕男人誤以為心上人已死，於是結束了自己的生命。女人甦醒後發現愛人已逝，也跟著殉情而亡。[10]

＊俄羅斯一名年輕母親因家庭問題，在火車到站之際跳下月台自盡。[11]

＊法國鄉下一名年輕母親因家庭問題，服用砒霜魂歸西天。[12]

然而，正是得益於莎士比亞、托爾斯泰和福樓拜這些大師傑出的藝術才華，我們才得以從一條簡短的新聞摘要中，看出羅密歐、安娜和艾瑪的某些重要本質；這些特質足以引起任何具有敏銳洞察力的人注意，洞察出這些人物值得在偉大的文學作品中占有一席之地，或至少值得登上環球劇場的舞台。而這些主題和人物，與維爾邦聶車站那匹衝入列車的馬，或在奧布省電氣站不幸觸電的馬塞爾・佩尼先生，本質上並無二致。由此，普魯斯特斷定，藝術作品的偉大之處，並不在於其表面的主題，而在於藝術家處理該主題的手法和視角。他主張，世間萬物皆可成為藝術的豐富題材；從一則平凡的肥皂廣告中所能發掘的價值，與從巴斯卡《沉思錄》（*Pensées*）這樣的哲學作品中所能汲取的智慧，同樣珍貴。

布萊茲・巴斯卡（Blaise Pascal），這位一六二三年出生的神童，不僅僅讓他那傲慢的家人感到驕傲，其天賦之驚人，連外人也折服不已。十二歲時，他已經獨立推導

10 威廉・莎士比亞（William Shakespeare，1564-1616），英國著名戲劇作家，此處指的是其著名悲劇作品《羅密歐與茱麗葉》，一對相戀的愛侶因家族因素無法相守，陰錯陽差下，男子誤以為女子已服毒身亡，便在屍身旁自盡，待女子悠悠醒轉後，竟發現愛人已經去世，隨即殉情而亡。

11 列夫・托爾斯泰（Leo Tolstoy，1828-1910），俄國小說家，此處指的是其名著小說《安娜・卡列尼娜》，女主角之名即是小說名。

12 古斯塔夫・福樓拜（Gustave Flaubert，1821-1880），法國小說家，此處指的是其名著小說《包法利夫人》，女主角名為艾瑪。

出古希臘數學家歐幾里得幾何學的前三十二個定理，其後更是成就不斷：開創數學中的或然率理論、測量大氣壓力、發明計算機、涉足公共交通馬車設計，以及染上肺結核——疾病催生出他廣為人知的作品《沉思錄》，這部作品以一系列精妙而略帶悲觀的格言，為捍衛基督信仰而辯護。

《沉思錄》的價值是無可置疑的，這部作品占據了特殊的文化地位，鼓勵讀者深入思考、細細品味，它甚至成功地讓讀者相信，如若無法領略書中奧妙，肯定是自己而非作者的過錯。幸好，這種擔憂是多餘的，巴斯卡以一種引人入勝的直白方式，運用簡潔、現代的筆觸，探討著與每個時代都息息相關的主題。例如這句格言：「在船上，我們不會選擇出身最高貴的人作為船長。」在今日，讀者們很容易能欣賞這句話對世襲特權的抗議和嘲諷，然而，在巴斯卡所處的年代，那個不論才能只論出身的社會中，這樣的言論無疑令人極為不快。他巧妙地將治國之道與航海技術相提並論，直白揭露了僅憑父母顯赫就令子女擔任要職的陋習。巴斯卡彼時的讀者或許會被貴族們冠冕堂皇的說辭所震懾噤聲，甚至相信那些連七的高階乘法表都背不全的貴族，確實擁有神授的貴族權力來制定經濟政策。不過，只要以巴斯卡的比喻試想一下：一位對航海一竅不通的公爵，卻堅持要親自掌舵環繞好望角的航程，讀者們恐怕就再難以接受這樣的論調。

與《沉思錄》相比，這則香皂廣告顯得多麼膚淺啊。畫面中，一名長髮少女單手撫胸，因為自己的沐浴香皂而喜不自禁；我們也伴隨著她，與深邃的精神世界漸行漸遠。那些香皂整齊地擺放在一個軟墊首飾盒裡，與珠寶項鍊相伴。（圖十二）

要論證這則香皂廣告帶來的幸福感與巴斯卡《沉思錄》的啟發相仿，確實並不容易，但這也並非普魯斯特的本意。他想表達的是，即便是一則平凡的香皂廣告，也能成為思考的起點，由此衍生的思考深度未必就遜色於《沉思錄》中已經闡明過的那些洞見。

如果我們從未因一則香皂廣告而陷入沉思，很可能只是因為我們太過墨守成規，被那些關於「何處該進行深度思考」的制式想法所束縛；這樣的思維習慣，也等同是抗拒了福樓拜的創作精神。小說

PEARS'
The "Jewel" of all Toilet Soaps

圖十二

《包法利夫人》的靈感來源，正是一則關於年輕妻子自殺的平凡新聞報導，然而，這則報導卻啟發福樓拜構思了一整部小說。同樣地，引導普魯斯特著手探究，並洋洋灑灑撰寫了三十頁內容的，源起也只是個看似乏味的入睡話題而已。

普魯斯特的閱讀品味，似乎也深受這樣的思考精神引導。他的朋友莫里斯・杜普萊（Maurice Duplay）曾透露，在那些難以成眠的夜晚，普魯斯特最愛閱讀的竟然是火車時刻表。

火車時刻表？對於一個在生命最後八年裡，找不到理由離開巴黎

Numéro de train		88101	88045	88047	3131	13161	3133	3139
Notes à consulter		1	2	1	2	3	1	2
Paris-St-Lazare	D				**06.42**	**07.39**	**07.55**	**09.15**
Mantes la Jolie	D				|	08.11	|	|
Vernon (Eure)	D				**07.23**	**08.24**	|	|
Gaillon-Aubevoye	D				|	08.34	|	|
Val-de-Reuil	D				|	**08.46**	|	|
Oissel	D	05.56			|	08.56	|	|
Rouen-Rive-Droite	A	**06.12**			**07.56**	**09.08**	**09.04**	**10.26**
Rouen-Rive-Droite	D		06.20	06.50	08.00	09.10	09.06	**10.28**
Yvetot	A		**06.48**	**07.26**	**08.20**	**09.34**	**09.26**	**10.48**
Bréauté-Beuzeville	A		07.08	07.46	08.35	09.48	|	**11.02**
Le Havre	A		**07.24**	**08.15**	**08.51**	**10.04**	**09.51**	**11.18**

1. Circule: tous les jours sauf les dim et fêtes.

2. Circule: tous les jours sauf les dim et fêtes – .

3. Circule: les dim et fêtes.

的人來說，聖拉札爾（St-Lazare）火車站的發車時間能有什麼意義？然而事實是，普魯斯特卻十分享受閱讀這份時刻表，他能從這些數字和站名中汲取樂趣，彷彿在品味一部引人入勝的鄉村生活小說。在他眼中，每一個鄉村火車站的名字，都是他通往想像世界的素材，讓他能在腦海中構建出完整的鄉間景象：鄉村家庭糾葛情節、地方政客的詭計勾當，以及田野生活的種種，一切盡收眼底。

普魯斯特認為，這種對非典型閱讀材料的濃厚興趣，正是作家群體的典型特徵。真正的作家，往往能夠在那些表面上與偉大藝術格格不入的事物中，發現熱情和樂趣。對他們而言：

一場在省城劇院上演的拙劣音樂表演，或是一個被所謂品味高雅之人不屑一顧的鄉村舞會，往往比巴黎歌劇院的精湛演出或聖日耳曼區的奢華晚宴，更能勾起種種回憶，引發幽思，教人低吟。拿起火車時刻表，端詳那些北方鐵路的站名，他彷彿已經看到自己在秋日的黃昏時分下車，感受著枯樹在凜冽空氣中散發的濃烈氣息。這份在品味高雅者眼中索然無味的印刷品，上面滿是自小學時代起就再未聽聞的地名，對他而言，卻可能比一本精裝的哲學著作更有價值。「明明是一個才華橫溢的人，品味竟如此低劣啊。」那些品味高雅的人這麼說。

或者，至少可以說，那是一種與眾不同的品味。這種特質在人們初次見到普魯斯特時，往往能明顯感受到。普魯斯特關注他人生活中那些微不足道的細節，頻頻對他們殷勤地提出詢問，可那些細節，連當事人都只給予了最微薄的精神關注，有多微薄呢，大概就如同人們對待家居用品廣告（例如香皂）或巴黎到勒阿弗爾（Le Havre）的火車時刻表一般草率吧。

一九一九年，年輕的外交官哈羅德・尼科爾森（Harold Nicolson）在麗茲酒店的一場派對上認識了普魯斯特。彼時的尼科爾森被派駐巴黎，作為英國代表團成員，參與第一次世界大戰後的巴黎和會。雖然尼科爾森覺得這項任務很有意思，但顯然，遠遠不及普魯斯特對這件事展現出的那般興致盎然。

尼科爾森在日記中描繪了這次會面的場景：

這是一場盛大的聚會。普魯斯特臉色蒼白，蓄著鬍子，衣著邋遢，很沒有精神。他開口向我提問，讓我告訴他我們委員會是如何運作的。我說：「嗯，我們通常十點鐘開會，身後有祕書……」普魯斯特打斷我：「不，不，您說得太快了。讓我們重新來過。您乘坐代表團的車，在奧賽碼頭路段下車。您走上樓梯、進入會議廳。然後呢？仔細說，親愛的，請說得再清楚一些。」於是，我只好把我能想到的一切都告訴他，包括外交的那種虛假親切氣氛：握手、地圖、紙張的沙沙聲、隔壁房間的茶點、馬卡龍……他全神貫注地聆聽著，時不時打斷我：「請說得再細節一點，親愛的先生，不要這麼急[13]。」

「不要這麼急」這句話可謂普魯斯特的格言。不要過於匆忙，放慢腳步，世界就有機會對我們展現它有趣的面向。對尼科爾森而言，原本可以用一句簡單的「嗯，我們通常十點鐘開會」就概括的早晨，在普魯斯特的引導下，被擴展開來，展示了種種細節：握手、地圖、紙張的沙沙聲和馬卡龍；特別是馬卡龍，它以其誘人的甜美，成為一個有力的象徵，透露出那些「不要這麼急」才得以享受到的細節和樂趣。

13 在哈羅德・尼科爾森（Harold Nicolson）的日記中，普魯斯特的發言是以法文方式記錄下來。

少一點急躁還能帶來一個更重要的好處，它能夠滋養我們的同理心。想像一下，如果我們能放慢腳步，試著深入思考，甚至撰寫一篇關於亨利・范・布拉倫伯格先生犯罪事件的文章，相較於在讀報時匆匆咒罵一句「瘋子」，就不假思索地翻到下一頁，我們肯定會對這位陷入困境的年輕人產生更多的理解和同情。

這種細膩的擴展，同樣適用於與犯罪無關的日常活動。在普魯斯特的小說中，以令人驚嘆的篇幅描繪了敘事者因猶豫不決而無法了結的痛苦：他在是否該向女友阿爾貝婷求婚的問題上舉棋不定。有時，他覺得沒有她就活不下去；下一刻，他又堅信自己再也不想見到她的臉。

若是將這情節交給「全英普魯斯特摘要競賽」的高手，這複雜的心路歷程恐怕會在兩秒內被摘要為一句「年輕男子對求婚猶豫不決」。有一天，敘事者收到了母親的來信。雖然不似摘要競賽那般荒謬的簡短，但母親對他婚姻困境的回應，卻讓他自覺先前那些冗長的自我剖析顯得可笑而誇張。讀完信後，敘事者對自己說：

「我一直在白日做夢，事情其實很簡單……我不過是個優柔寡斷的年輕人，我的婚姻，就是那種需要時間才能確定會否發生的婚姻。這一切和阿爾貝婷本身沒什麼關係。」

簡單的解釋確實有其魅力。在某些時刻，我們突然發現自己不過是「缺乏安全感」、「想家」、「正在適應新環境」、「面對死亡的恐懼」或「害怕放手」。當我們認同了一個問題的簡潔描述，並發現這個描述讓先前繁複的思考顯得多餘時，往往會感到一種解脫。

可惜的是，事情通常並非如此簡單。敘事者在讀完母親的信後，短暫地沉浸在簡單解釋帶來的慰藉後，又重新思考起來，意識到他與阿爾貝婷之間的故事必定比母親所暗示的要複雜得多。於是，他再次選擇了冗長的敘述方式，用數百頁的篇幅（不要這麼急）細細剖析他與阿爾貝婷關係中每一個細微的變化，並如此評論道：

從社會層面的角度來看，人們當然可以將一切簡化為最普通的報紙八卦。若我是局外人，或許也會這樣看待它。但我深知什麼才是真實的，或者至少是同樣真實的，那就是我在阿爾貝婷眼中讀到的一切，是那些縈繞在我心頭的思緒，是折磨著我的恐懼，以及我不斷對自己提出的關於她的種種疑問。猶豫不決的求婚者和破裂的婚約，這樣的故事主題可能正與我的處境相符；就像一個敏銳的記者在報導戲劇表演時，可能會提及易卜生劇作的主題一樣。但在這些表面的、被報導的事實之外，還有更多東西存在。

這一切給了我們什麼啟示？是不是該在觀賞戲劇，或是閱讀報紙時，都把它們當作一部悲劇或喜劇小說的冰山一角？或者，在有需要的時候，不惜用三十頁的篇幅來描繪入睡的過程？如果實在沒有時間，那麼，至少也要抗拒像奧蘭朵夫出版社的阿弗烈德・安布羅和法斯凱爾出版社的賈克・馬德連那樣的態度。普魯斯特對這種「沒有時間」的態度是這樣描述的：「那些因為『忙碌』而感到自滿的人，儘管他們忙碌的事務愚蠢至極，卻還是會因為『沒有時間』做你所做的那類事而洋洋得意。」

4

CHAPTER

如何成功地承受痛苦

評估某人思想是否深刻睿智，一個不錯的方法可能是仔細觀察他們的精神和健康狀態。畢竟，如果他們的言論確實蘊含真知灼見，值得我們關注，理所當然地，最先受益的應該是這些思想的創造者本人。這是否代表了，我們不僅應該沉浸在作家筆下的文字世界中，還應該對他們的日常生活投以關注？

備受尊敬的十九世紀評論家聖伯夫（Sainte-Beuve）肯定會深表同意：

在一個人對某位作家提出一系列問題並回答它們之前（即便這過程只是對著自己、在腦海中默默進行），他都無法確信自己真正理解了這位作家的全貌。儘管這些問題乍看之下可能與作品本質毫不相關。例如：這位作家的宗教信仰觀念是什麼？大自然的山川景致如何觸動他的心靈？他對待女性的態度如何？而在金錢方面，他是慷慨大方，還是精打細算？他是手頭闊綽，還是在經濟上掙扎度日？他的飲食習慣又是如何？每天的生活例行公事如何安排，規律如一還是隨興而為？他是否有什麼惡習或弱點？對於這些問題的任何回答，無論看似多麼瑣碎，都絕非無關緊要。

倘若我們照著建議深入探尋，會發現這些答案往往令人大吃一驚。因為，無論藝術家們的作品多麼傑出，多麼富有智慧，我們似乎總能發現，多數藝術家的生活展現出來的，是一連串遠超乎尋常的混亂、苦難和愚蠢。

這種現象恰恰說明了為什麼普魯斯特不同意聖伯夫的論點，並極力主張真正重要的是書籍本身，而非作者的生活。採取這種觀點，人們就能確保自己欣賞到真正有價值的事物。（誠然，有些作者比他們的書更為出色，但那是因為他們的書並非真正意義上的「作品」）我們不妨設想：巴爾扎克的舉止可能粗魯不堪，司湯達爾的談吐或許乏味單調，波特萊爾則深受強迫症之苦。然而，這些個人特質，為什麼應該影響我們欣賞和理解他們作品的方式呢？他們的作品本身並不存在創作者的這些缺陷。

儘管這個論點頗具說服力，我們卻很容易理解為什麼普魯斯特會如此傾心於這種觀點。誠然，他的文字邏輯嚴密、結構精巧完善，散發著一種悠遠寧靜的氛圍，甚至還帶有智者的氣質。然而，與之形成鮮明對比的是，他本人卻過著令人震驚的痛苦生活，無論在身體還是心理層面都備受煎熬。或許有人會對普魯斯特式的生活方式感到好奇、產生興趣，這很好想像，但是，任何頭腦清醒的人都不會真正渴望過著普魯斯特那樣的生活。

面對作者所承受的痛苦如斯，我們真的能夠置之不理而沒有一點疑問嗎？如果普魯斯特確實對人生有著深刻的洞察，能夠向讀者傳達真正有價值的智慧，那麼，為什麼他自己卻過著如此困難、不堪效仿的生活？這種巨大的反差，不禁讓人懷疑：普魯斯特在作品中展現的那些真知灼見，是否真的高明到足以完全推翻聖伯夫所主張的，關於作家與作品密不可分的理論？

普魯斯特的人生堪稱是一場試煉，其中單單心理方面的困擾就足以令人精疲力竭。

猶太母親的問題

普魯斯特一出生便落入了一位掌控慾極強的母親懷抱。「在她眼中，我永遠是個四歲孩童，」普魯斯特這樣描述他的母親；他總是稱呼她為「媽媽」，或者，更常親暱地喚她「親愛的小媽咪」。

普魯斯特的朋友馬塞爾・普朗特維尼回憶道，「他從不以『我母親』或『我父親』指稱父母，而是說『爸爸』和『媽媽』，語氣就像個情感豐富的小男孩，說出這些音節時，眼眶瞬間盈滿淚水，從他緊繃的喉嚨間，還能聽到因強忍哽咽而顯得沙啞的聲音。」

普魯斯特夫人對兒子的愛十分強烈，其濃烈程度足以令最癡情的戀人也自愧不如。這份溺愛的情感，無意中培養了，或者至少極大程度加劇了她長子在自我照料方面的無能。普魯斯特夫人覺得，如果沒有她的照料幫助，兒子恐怕什麼都做不好。從普魯斯特呱呱墜地的那一刻起，母子倆一直生活在一起，形影不離，這種共生關係一直持續到普魯斯特三十四歲那年，母親離世為止。即便如此，在生命的最後階段，普魯斯特夫人最大的憂慮仍是兒子能否在沒有她的世界中獨立生存。「我母親之所以渴望活下去，是為了避免我陷入她所想像的、失去她後的痛苦境地，」普魯斯特在母親去世後曾說明，「我們的日常生活從頭到尾就像是一場無止盡地練習，她孜孜不倦地教導我如何在她離開後獨立生活……而我，則是不斷嘗試說服她，沒有她的照顧，我依然可以過得很好。」

普魯斯特夫人對兒子的關懷，雖出於至深的愛意，卻常常游走在專橫干預的邊緣。在普魯斯特二十四歲那年，他終於難得有機會與母親分離。普魯斯特寫信告訴她，自己睡得很好（他的睡眠質量、排便情況和食慾，在他們的通信中是一個持續受到關注的話題），但是普魯斯特夫人回信抱怨他描述得不夠精確：「我親愛的寶貝，你說你『睡了很久』等於什麼都沒跟我說，至少沒說到重點。我不是一遍一遍地問：

你幾點睡覺？

你幾點起床？」

多數時候，普魯斯特樂於滿足母親這種對他身體狀況的掌控慾（她和聖伯夫應該有很多話可聊）。有時，普魯斯特也會主動提供一些信息讓家人幫忙照料：「請問問爸爸，小便時感到灼熱，不得不中斷，然後又重複一次，十五分鐘內就會發生五六次，這意味著什麼。我這幾天喝了大量啤酒，也許是這個原因。」這是某次他在給媽媽的信中提到的煩惱，當時，「媽媽」五十三歲，「爸爸」六十八歲，而普魯斯特本人三十一歲。

普魯斯特對母親十分依戀，從他對一份問卷的回答中可見。當被問及「你認為的不快樂是什麼」時，他答道：「與媽媽分開。」夜晚難以入眠，而母親在她的臥室內，普魯斯特會寫信給母親，然後將信箋悄悄放在她的房門外，好讓她清晨起床時能第一時間讀到。「我親愛的小媽咪」，這些信通常是這樣開始的，「我實在睡不著，想寫信給你，告訴你我此刻正在想你。」

然而，儘管通信頻繁、交流親密，兩人之間仍難免存在一些潛在的緊張情緒。普魯斯特敏銳地察覺到，他的母親似乎寧願他生病且需要她照料，而不是身體健康同時小便順暢：「事實是，每當我的身體狀況有所好轉，你就會因為那些能讓我康復的生活方式而感到不快，繼而破壞一切，直到我再次病倒，」有一次，他罕見但意義重大地在信中爆發了自己的不滿，控訴普魯斯特夫人扭曲的渴望，將他倆的母子關係，轉化成護理者與病人的關係。「悲哀的是，我無法同時擁有親情與健康。」

尷尬的慾望

普魯斯特和其他男孩不同，這事一開始並不明顯，但隨著他年歲增長，這個不同之處便緩緩揭開樣貌。「起初，旁人難以斷定他究竟是同性戀者[1]、詩人、勢利之徒抑或是無賴。一個沉迷於情色詩作、流連於淫穢圖片的少年，當他不經意地將身體貼近男同學時，也許在他的想像中，這種身體的親密渴求就如同想要貼近女性的渴望一樣。更何況，當他在閱讀德・拉法耶特夫人（Mme de La Fayette）[2]、拉辛[3]

1 原文使用invert這個字，在當時的精神醫學和心理學領域中，這個字用來指涉同性戀。

2 拉法耶特夫人（Mme de La Fayette，1634-1693），法國小說家，作品《克萊芙王妃》以悲劇愛情為主題，被奉為法國首部歷史小說，並開心理小說之先河。

3 讓-巴蒂斯特・拉辛（Jean-Baptiste Racine，1639-1699），法國劇作家，與高乃依和莫里哀合稱十七世紀最

（Racine）、波特萊爾[4]（Baudelaire）、沃爾特・司各特[5]（Walter Scott）等作家的作品時，都能感受到情感的共鳴，他又怎會認為自己與眾不同呢？」

普魯斯特逐漸意識到，與司各特筆下的美人戴安娜・弗農共度良宵的吸引力，遠不如被迫與一個男同學貼身相依更能令他心跳加速、神魂顛倒，這種情形，對那個「未開化」的法國時代，以及一位始終期盼兒子成婚的母親而言，無疑是難以接受的；每當普魯斯特的男性友人邀請他外出看戲或用餐時，他母親總是不忘叮囑他的男性友伴帶些年輕女性同行。

約會的問題

倘若普魯斯特的母親能傾力為兒子引薦另一種性別的人就好了，因為，要尋找同樣對戴安娜・弗農無動於衷的年輕男子，實在不是件容易的事。「你若認為我疲憊不堪、軟弱無力，那你就大錯特錯了。」普魯斯特向一位不為所動的對象抗議道，這位名叫丹尼爾・哈萊維（Daniel Halévy）的美少年是他的同窗。「你是如此可愛，擁有一雙美麗的眼眸……你的身體和心靈……是如此靈活而柔軟，以至於我感覺，唯有坐在你的膝上才能更親密地融入你的思想……不過，這些美好特質本不該讓你對我說出那些輕蔑的話。」

遭到拒絕後，普魯斯特開始巧妙地援引西方哲學史來為自己的慾望辯護。普魯斯特對丹尼爾說：「我可以欣然地告訴你，我有一些極為聰明的朋友，他們以高尚的道德品格著稱，在人生的某個階段都曾與男孩子嬉戲，」他繼續道，「通常是在青春初始時期。之後，他們又會回歸女性懷抱……我想跟你談談這其中兩位智慧卓絕的大師，他們一生中都只採擷青春之花，那就是蘇格拉底和蒙田。他們贊許那些懂得在年少時候『尋歡』的男性，這類人懂得探究快樂的所有面向，並釋放自身無盡的柔情。在蘇格拉底和蒙田的眼中，以一個對美有敏銳感知且『感官』已經甦醒的年輕人而言，這種既感性又知性的友誼，比起與愚蠢、墮落的女人交往要好得多。」

然而，那個目光短淺的男孩仍然繼續追逐那愚蠢又墮落的女人。

偉大的三位法國劇作家。著有《昂朵馬格》、《伊菲萊涅亞》、《費德爾》等作品。

4 夏爾・皮耶・波特萊爾（Charles Pierre Baudelaire，1821-1867），法國詩人，象徵派詩歌先驅，現代派奠定者，代表作包括詩集《惡之花》、《巴黎的憂鬱》。

5 沃爾特・司各特（Walter Scott，1771年－1832），蘇格蘭小說家、詩人，以創作歷史小說聞名。

浪漫的悲觀

「愛情是一種無法治癒的疾病。」「在愛情中，受苦是永恆的。」「那些戀愛的人和那些幸福的人，他們不是同一群人。」

即使是那些堅決反對聖伯夫觀點的人，也難免會猜測，普魯斯特在這個領域的藝術創作中，深受其個人生活中所體驗到的悲傷影響。普魯斯特的浪漫悲觀主義，至少有一部分，源自於強烈的對愛的渴求，又混合了在追求愛情時那令人哭笑不得的笨拙。「當我真的感到悲傷時，我唯一的慰藉就是去愛和被愛，」普魯斯特如此宣稱，並將自己的核心性格特徵定義為「對被愛的需求；更準確地說，是對被寵愛和溺愛的需求，而非被仰慕」。但是，度過了一個受盡男同學們誘惑，卻又毫無成果的青春期，似乎導致了日後同樣在戀愛結果上一無所獲的成年生活。普魯斯特總是接連不斷地迷戀上一些不回電話的年輕男子。一九一一年，在海濱度假勝地卡布爾（Cabourg），普魯斯特向年輕的阿爾伯特・納米亞斯（Albert Nahmias）表達了他的沮喪：「要是我能改變性別和年齡，變成一個年輕貌美的女人該多好啊，這樣我就能深情地擁抱你了。」有一段時間，他與阿爾弗雷德・阿戈斯蒂內利（Alfred Agostinelli）有過一點點的幸福時光，阿爾弗雷德是一名計程車司機，還和妻子一起搬進了普魯斯特的公寓。但是，沒有多久後，阿爾弗雷德就在安提布（Antibes）的一場飛機事故中英年早逝。此後，普魯斯特再也未能與他人建立起深刻的情感牽絆，只有更頻繁地發表關於愛情與痛苦不可分割的宣言。

受挫的戲劇事業

儘管透過傳記材料對一個人進行心理分析難免存在一定的侷限性，但在普魯斯特的案例中，我們似乎確實看到他存在一些潛在的情感困擾，主要體現於如何協調和整合愛情與性慾之上。要深入闡述這個狀態，最有力的方法莫過於引用普魯斯特在一九〇六年發給雷納爾多・阿恩（Reynaldo Hahn）的一個劇本提案。該劇本的摘要如下：

一對夫妻彼此相愛，丈夫對妻子的感情被描述為神聖而純潔的（不用多說，意味著是無性而貞潔的）。然而，這個丈夫卻是個虐待狂，雖然他深愛著妻子，卻無法抑制自己經常光顧妓院的衝動，以玷污自己感情的方式從中獲得快感。漸漸地，丈夫的虐待狂行徑愈發極端，需要更強烈的刺激，在一次與妓女的交談中，他想出了一個更加卑劣的方式來侮辱自己的妻子——他要求妓女辱罵他的妻子，同時間他自己也加入這場辱罵（五分鐘後他便感到噁心）。然而，有一回，就在他沉浸於這種自我羞辱以及對妻子的羞辱中時，他的妻子不聲不響地走進房間。妻子目睹這一切後，由於無法接受眼前的現實，竟當場昏倒。最後，妻子離開了丈夫，儘管他苦苦哀求，依然無濟於事。雖然那些妓女們還想回來與他一同作樂，但此時的他，已經無法從虐待行為中獲得任何快感，反而感到痛苦不堪。在最後一次試圖挽回妻子，卻甚至沒有得到任何回應後，丈夫最終選擇了自殺。

很可惜，沒有任何一家巴黎劇院對這個劇本表示感興趣。

知音難尋

這確實是天才所獨有的困擾。當《在斯萬家那邊》（*Swann's Way*）出版後，普魯斯特將書分寄給眾多友人，只不過，這其中許多人甚至連拆封都感到力有未逮。

「嗯，我親愛的路易，你讀過我的書了嗎？」普魯斯特回憶起他曾如此詢問貴族花花公子路易・德・阿爾比費拉（Louis d'Albufera）。

「你的書？你寫了一本書？」他朋友驚訝地答道。

「是的，當然，路易，我甚至還寄了一本給你。」

「啊，我的小馬歇爾，如果你真的寄給我的話，我當然已經讀過了。只是我不確定我是否收到了。」

相比之下，加斯頓・德・凱拉維夫人則似乎是一位更懂得感激的收件人。她寫了封信給普魯斯特，用最熱切的語言感謝他的贈書。「我一直在重讀《斯萬》中關於初次領聖餐的那段」，她告訴他，「因為我也經歷過同樣的恐慌，同樣的幻滅。」加斯頓・德・凱拉維夫人的分享十分動人，除了一點——如果她真的勞煩自己讀了這本書，並注意到書中根本沒有提及這樣的宗教儀式，那就更好了。

普魯斯特於是總結道：「對於一本僅僅出版幾個月的書，人們跟我談論時總是會犯錯，這證明他們要麼忘記了它，要麼根本就沒讀過。」

三十歲的自我評價

「沒有樂趣，沒有目標，沒有活動或抱負，人生已經一望到底，還意識到我給父母帶來的諸多悲傷。我的快樂很少。」

至於普魯斯特肉身的病痛呢，以下是一個簡要的清單：

氣喘

氣喘首次發作，是在普魯斯特十歲時，並伴隨他終生。症狀之嚴重，每次發作幾乎都持續超過一小時，一天最多可達十次之多。由於白天的發作頻率遠高於夜晚，普魯斯特養成了顛倒的作息習慣；他在早上七點入睡，下午四點或五點醒來。這種病症幾乎剝奪了他外出的可能性，尤其是在夏天，即使必須外出，他也只能蜷縮在密不透風的計程車內。在家中，他住處的窗戶和窗簾始終緊閉，將外界的陽光和空氣完全隔絕。幾乎可以這麼簡單地概括：他從不見陽光，不呼吸新鮮空氣，也不做任何運動。

日常飲食

普魯斯特的飲食習慣也因此漸漸改變，他每天只吃一餐，但這一餐卻異常豐盛且不甚健康。僕人必須在他就寢前至少八小時端上這頓飯。某次向一位醫生詳述自己典型的一餐時，普魯斯特一一列舉了菜單：兩個奶油醬蛋、一隻烤雞翅、三個可頌麵包、一盤炸薯條、葡萄、咖啡和一瓶啤酒。

消化

照他的飲食內容看來，普魯斯特會這麼告訴同一位醫生，也就不足為奇了：「我需要經常地，而且情況不太妙，去洗手間。[6]」他飽受便祕之苦，而且成為一種常態，每兩週就不得不服用一次強效瀉藥來緩解症狀，但這往往又會引發胃部痙攣。而如前文所述，小便對他而言也是一種煎熬，過程中往往伴隨著劇烈的灼燒感，以致他無法經常排尿，這又進一步使得尿液中尿素和尿酸過多：「向我們的身體請求憐憫，就像對章魚說話一樣，因為對章魚來說，我們的話語與潮汐的聲音沒有任何區別。」

內褲

普魯斯特也有自己的睡眠儀式，他需要將內褲緊緊地圍繞著腹部周圍，還得用一支特殊的別針將內褲固定住，才能有入睡的希望；有一天清晨，普魯斯特在浴室裡不小心弄丟了這個別針，結果讓他整天都無法入睡。

---

6 原文中普魯斯特用委婉的方式表達自己的情況。

敏感嬌弱的皮膚

普魯斯特不能使用任何香皂、乳液或香水。他的清潔習慣相當繁複：必須用質地細緻的濕毛巾清潔皮膚，然後用乾淨的亞麻布輕拍身體直到乾燥。（一次盥洗平均需要用掉二十條毛巾，而且普魯斯特再三強調，這些毛巾必須送到拉維涅洗衣店清潔，因為這家洗衣店是唯一使用正確的無刺激性洗衣粉的洗衣店，另外一提，尚・考克多[7]（Jean Cocteau）也在這裡洗衣服。）普魯斯特發現舊衣服比新衣服穿起來更舒服，並也因此對舊鞋和手帕產生了深厚的感情。

懼鼠

普魯斯特對老鼠有著異常的恐懼；一九一八年巴黎遭受德國轟炸時，他曾坦言，比起大砲，自己更加害怕老鼠。

怕冷

普魯斯特總是覺得冷。即使在炎炎盛夏也是如此，當他不得不出門時，他就會穿上一件大衣，再疊加四件毛衣。在晚宴場合，他通常整晚都裹著皮草大衣。儘管如此小心，與他寒暄握手的人仍會驚訝地發現，他的手竟是如此冰冷。由於擔憂煙霧對身體狀況的影響，在自己的房內，他也不允許在合適的時候生點爐火取暖，主要只依靠暖水瓶和套頭毛衣來抵禦低溫。這種做法導致他經常感冒著涼，最常見的症狀便是流鼻涕。在一封寫給雷納爾多・阿恩的信中，他在結尾提到，自從動筆寫信以來，他就已經擤了八十三次鼻涕。

這封信只有三頁。

對高度的敏感

有一次，從凡爾賽探訪伯父回到巴黎後，普魯斯特感到身體不適，幾乎無法爬樓梯回到自己的公寓。在後來寫給伯父的一封信中，他將這個問題歸因於他所經歷的海拔變化。

7 尚・考克多（Jean Cocteau，1889-1963），法國詩人、小說家、導演。電影作品有《聖多・索斯比別墅》、《雙頭鷹之死》、《詩人之血》。

凡爾賽只比巴黎高出八十三公尺。

咳嗽

普魯斯特的咳嗽聲響徹雲霄。回想起一九一七年那次驚天動地的發作，他生動地描繪道：「鄰居們聽到我那連綿不絕的雷鳴般咳嗽，夾雜著陣陣犬吠似的氣喘聲，想必驚詫不已。他們可能會以為我突發奇想買了架教堂管風琴，或者，買了條聲如洪鐘的大狗，再不然，可能會猜想我和某位女士有了某種不道德的（當然純屬想像）曖昧關係，不知何時成了一個父親，而我那可憐的孩子不幸患上了百日咳，正在飽受折磨。」

旅行

任何日常生活步調或習慣的改動，哪怕只有一丁點，都讓普魯斯特極為敏感。每次只要一旅遊，他就開始想家，並且擔心這趟旅行恐怕就會要了他的命。他解釋說，初到一個新地方的頭幾天，他就像某些動物在夜幕降臨時那般難以安樂（普魯斯特沒有具體說明是哪些動物）。他還曾提出一個關於旅行的構想，那是個十分天馬行空的願望：住在一艘遊艇上，這樣他就能在臥床的同時，還能在世界各地移動旅行。他向婚姻幸福美滿的斯特勞斯夫人提出了這個浪漫的構想：「親愛的夫人，您覺得我們合租一艘船如何？遠離塵世的喧囂，只需安臥在床榻之上，（一張床，或是兩張？）就可以將全世界最美麗的海濱城市勝景盡收眼底。」

這個提議並沒有被接受。

床

普魯斯特對自己的床十分鍾愛，他將大部分時光都消磨在這方寸之地，並把床鋪變成了他的書桌、他的辦公室。這張床是否成為他抵禦外界殘酷現實的最後防線？他曾說：「當一個人被悲傷的情緒籠罩時，能夠躺在溫暖的床鋪中是多麼美妙的慰藉啊，在那裡，所有的掙扎與努力都可以擱置、宣告結束，你可以將頭深深埋進柔軟的毯子裡，放任自己哭泣，任淚水傾瀉，就像秋風中搖曳的樹枝一樣脆弱。」

鄰居家傳來的噪音

普魯斯特對噪音極端敏感，遠非常人所及。對他而言，住在巴黎的公寓樓裡簡直如同身處地獄，特別是當樓上有人在練習樂器的時候，他形容道：「在這世界上，有一種無生命的物體，它具有任何人類都無法企及的，令人發狂的能力，那就是鋼琴。」

一九〇七年春天，隔壁公寓重新裝修，這幾乎將他折磨得奄奄一息。他向斯特勞斯夫人詳細描述了這段慘痛的經歷，工人們通常一大早七點就到達現場，「他們似乎堅持將清晨高昂的情緒全部傾注於瘋狂的錘打和刺耳的鋸切聲中，而且就在我床後面！然後，他們會歇息半小時，但隨即又是一陣更為猛烈的敲打，在這種情況下，我要怎麼再次入睡？……我已經到了忍無可忍、瀕臨崩潰的地步，我的醫生建議我離開這裡，因為他認為我的身心狀況已經嚴重到無法繼續忍受這種折磨了。」然而，還有更糟糕的，「（請原諒我的失禮，夫人！）他們竟然打算在那位女士的廁所裡安裝一個洗手盆和一個馬桶座，而這個位置恰巧就緊貼著我臥室的牆壁！」然而這還沒完，最後讓他崩潰的是：「與此同時，還有一位先生正搬進這棟房子四樓，而那裡的每一絲聲響都清晰可聞，就像是直接在我的臥室裡發生的一樣。」他在接下來的信中，開始忍耐不住把鄰居太太稱為母牛，並且暗示，工人們之所以要三次調整馬桶座的尺寸，純粹是為了適應她那過於龐大的臀部。由於噪音如此持續而劇烈，他斷言這次裝修一定具有法老王級的規模，並告訴熱衷埃及學的斯特勞斯夫人：「每天都有十幾個工人像瘋了一樣地錘打，持續了這麼多個月，春天百貨公司和聖奧古斯丁教堂之間，肯定已經建造了一座媲美古夫金字塔（Pyramid of Cheops）那樣宏偉的建築，讓所有路過的行人都感到歎為觀止。」

沒有人看到任何金字塔。

各種小病

「人們常有一種錯誤的認知，以為那些長期生著病的人會對日常的小病小痛免疫。」普魯斯特向摯友呂西安・杜德傾訴道，「然而，事實卻恰恰相反。」在這個「日常的小病小痛」領域內，普魯斯特的症狀還包括了發燒、感冒、視力不佳、吞嚥困難、牙痛、手肘疼痛和頭暈。

無法取信於人

普魯斯特經常不得不忍受旁人那些令人不快的暗示，說他誇大了自己的病情，其實他並不如自己宣稱的那樣病重。第一次世界大戰爆發時，普魯斯特收到軍隊醫療委員會的要求，讓他去接受體檢。儘管作為自一九〇三年以來幾乎一直臥床不起的人，普魯斯特還是非常害怕自己病情的嚴重程度不會得到應該有的認可，擔心自己會被派去壕溝作戰。他的股票經紀人萊昂內爾・豪澤（Lionel Hauser）卻對這個可能性感到興奮，他甚至半開玩笑地告訴普魯斯特，他還沒有放棄有朝一日能看到戰爭十字勳章掛在普魯斯特胸前的希望。而萊昂內爾的這位客戶對這個想法相當反感：「你很清楚，以我現在的健康狀況，我在四十八小時內就會成為一具冰冷的屍體了。」

他沒有被徵召入伍。

戰後幾年，一位評論家抨擊普魯斯特，說他只是一個庸俗的紈褲子弟，整日無所事事地躺在床上，沉溺於自己的幻想世界，做些關於豪華水晶吊燈、宴會挑高天花板的奢侈白日夢，只有在晚上六點夜幕低垂時才肯離開房間，目的地無非是那些新興富豪們舉辦的奢華宴會，而那些富豪們甚至永遠也不會買他的書。普魯斯特憤怒地回應說，他是一個飽受折磨的病人，身體狀況糟糕到無法離開床鋪，無論是在晚上六點還是早上六點，他都無力起身，甚至病得連在自己的房間裡走動這樣簡單的事情都無法做到（他補充說，甚至都沒有力氣打開窗戶），更不用說去參加宴會了。不過，就在幾個月後，他還是拖著孱弱的身軀，前往劇院欣賞了一齣歌劇。

每當談及自己的健康狀況時，他總是以一種十分篤定的語氣，斷言自己即將不久於人世；在他生命的最後十六年裡，他經常帶著堅定不移的信念近乎常態性地如此宣告。他將自己的日常狀態描述為「在咖啡因、阿司匹林、氣喘和心絞痛之間來回掙扎周旋，整體而言，每週七天中有六天都在生死邊緣徘徊。」

普魯斯特是否患有嚴重的慮病症？他的股票經紀人萊昂內爾・豪澤就抱持這種看法，並且決定大膽說出旁人都不敢對他說的話。「請原諒我的直言，」他坦率地說道，「即使你已經快五十歲了，但你仍然像我初次認識你時那樣，是個被寵壞的孩子。哦，我知道你會反駁，用你那套A＋B＋C理論來解釋，試圖向我證明你根本不是個被寵壞的孩子，而是一個從未被真正理解、甚至被辜負的孩子。然而，就算真是如此，這一切與其說是他人的過錯，不如說是你自己的錯。」豪澤繼續說道，如果他真是一直都這麼病懨懨的，那很大程度上也是自作自受，他指出，長期臥床、拉上窗簾，拒絕接納陽光和新鮮空氣這兩大健康要素，無疑會對身體造成不良影響。當時，歐洲剛經歷了第一次世界大戰，正處於混亂之中，豪澤敦促著普魯斯特稍微放下他對身體病痛的執著：「你必須承認，即使你的健康狀況依然非常不穩定，但相比於整個歐洲的狀況，你的處境無疑要好得多。」

姑且先不談這個論點的說服力如何，普魯斯特確實在翌年成功地離世了。

普魯斯特是否真的言過其實？同樣的病毒，對不同的人可能產生截然不同的影響。有人可能因此臥床整週，但在另一個人身上只是午飯後感到輕微疲倦。面對一個手指被輕微抓傷就痛得蜷縮的人，我們除了嘲笑他誇張做作外，是否也該考慮另一種可能性？也許對於這個皮膚異常嬌嫩敏感的人來說，這輕微的抓傷帶來的痛苦，確實堪比我們被刀砍傷一般。簡單來說，我們不應單憑自身經驗，根據自己在類似情況下所感受到的痛苦，來評判他人痛苦的合理性。

普魯斯特皮膚的嬌嫩敏感程度確實異於常人，勒翁・都德（Léon Daudet）形容他為「生來沒有皮膚的人」。這種極度的敏感甚至不僅限於外在皮膚。對一般人而言，一頓豐盛的晚餐後確實可能導致入睡困難，因為消化過程會讓身體疲累，加上食物沉重地壓在胃裡，確實會感覺似乎坐著比躺著更舒服。但是，對普魯斯特而言，即使是最微量的食物或飲料，都足以成為干擾他睡眠的罪魁禍首。他曾告訴醫生，自己睡前只能飲用四分之一杯維希礦泉水，若是喝下一整杯，就會因為難以忍受的胃痛而徹夜難眠。這就像童話中那位因為一顆豌豆而輾轉反側的公主一樣[8]，作家普魯斯特也擁有這種受到詛咒的神祕能力，可以察覺到腸道中每一毫升液體的翻騰。

與馬塞爾・普魯斯特形成鮮明對比的，是小他兩歲的弟弟侯貝爾・普魯斯特。侯貝爾自小就十分健康，擁有如公牛般強健的體魄，也延續了父親的職業成為一名外科醫生（他的父親撰寫了備受讚譽的《女性生殖器官的外科手術》（*The Surgery of the Female Genitalia*））。馬塞爾有可能因為受了點風就著涼致命，反觀侯貝爾，他的生命力之強韌，簡直堅不可摧。十九歲那年，侯貝爾在巴黎北郊幾英里外的塞納河畔小鎮勒伊（Reuil）騎協力車。在一個繁忙的十字路口，他不慎翻車，滑到一輛五噸重的運煤車底下。侯貝爾被車輪碾過，緊急送往醫院，他的母親聞訊後驚慌失措，趕忙從巴黎來探望。然而，出乎意料的是，侯貝爾康復得非常快，完全沒有留下醫生所擔心的永久性傷害。第一次世界大戰爆發時，這位身強體壯的年輕外科醫生被派往凡爾登（Verdun）附近埃唐（Etain）的一處野戰醫院。他住在帳篷裡，在疲憊不堪且衛生欠佳的條件下工作。有一天，醫院遭炮彈擊中，當時侯貝爾正在為一名德國士兵做手術，

8 〈豌豆公主〉故事來自安徒生童話。

彈片飛濺到手術台周圍。儘管自己也受了傷，侯貝爾・普魯斯特醫生還是單獨一人將病人轉移到附近的宿舍，並在擔架上繼續進行手術。幾年後，他又遭遇了一次嚴重的車禍，他的司機在駕駛時睡著了，汽車撞上了一輛救護車。侯貝爾被甩向木質隔板，導致頭骨骨折，然而，甚至在他的家人得知這個驚人的消息而感到慌亂無措之前，他就已經開始恢復了，並很快重新投入積極的生活中。

那麼，究竟是侯貝爾還是馬塞爾的人生更令人嚮往呢？讓我們來審視一下成為前者的諸多優勢：侯貝爾擁有旺盛的體魄，活力充沛，擅長網球和划船。他作為外科醫生的技藝也十分出色（侯貝爾以前列腺切除術聞名遐邇，這項手術在法國醫學界甚至被冠以「普氏切除術」的美名），此外，侯貝爾相當富有，家庭幸福，還有一個漂亮的女兒蘇西（蘇西深得舅舅馬塞爾的喜愛，對她寵愛備至，有一次，小蘇西天真爛漫地說想要一隻紅鶴，普魯斯特差點就真的為她買下一隻）。反觀馬塞爾呢？體力孱弱，不能享受運動的樂趣，不論是網球或划船都與他無緣；謀生方面，他不會賺錢，收入微薄。沒有子嗣的他，在大部分時間裡都默默無聞，直到晚年才稍稍有了些許名氣。然而，卻又因為自覺身體狀況太差，甚至無法從這遲來的名聲中汲取快樂（喜歡從疾病中找比喻的他，將自己的處境比作一個因高燒纏身而無法享受完美舒芙蕾的人）。

然而，還是有一個領域侯貝爾似乎不及自己的哥哥馬塞爾，那就是對事物的關注力和感受力。無論是在花粉瀰漫的日子裡面對敞開的窗戶，或者被五噸重的巨型運煤車從身上碾過時，侯貝爾都表現得十分鎮定、沒有過多反應。很可能，當他從世界最高的埃佛勒斯峰（Everest）跋涉到低於海平面的耶利哥（Jericho）窪地時，都幾乎沒有注意到什麼海拔上的變化，即使在底下灑了五罐豆子的床墊上，他也依然能安然入睡，絲毫不覺有什麼不尋常之處。

這種感官上的遲鈍在某些情況下無疑是一種優勢，也有其受歡迎之處，比如當一個人必須在第一次世界大戰的炮火轟炸中進行手術時；然而普魯斯特卻認為，值得注意的是，對事物敏銳的感知力（儘管常常伴隨著痛苦的感受）在某種程度上與獲取深刻知識是高度相關的。一次腳踝扭傷能讓我們深入理解身體的重量分布，打嗝則迫使我們注意並適應呼吸系統中此前未知的領域，而被戀人拋棄，則成為了解情感依賴機制的絕佳入門。

在普魯斯特看來，真正的學習往往始於問題出現時。當我們體驗到痛苦，或是發現某些事情未能如我們所希望的那樣發展時，真正的學習才正開始：

唯有身體的虛弱才能真正喚醒我們的注意力，促使我們學習，使我們能夠分析那些自己原本一無所知的過程。一個每晚都能一覺到天亮的人，睡眠對他來說就像短暫的死亡，這種直到醒來那一刻才又重新活過來的人，恐怕永遠無法對睡眠進行哪怕是最微小的觀察，更遑論能有什麼重大發現。他幾乎不知道自己在睡覺。相反地，一點點的失眠，能讓我們懂得欣賞睡眠的珍貴，就像在一整片漆黑中突然閃現的一線光明。同理，若擁有從不犯錯的完美記憶力，就不能真正激發我們去深入研究記憶的本質。

雖然我們確實可以在平和安寧的狀態下運用心智，但普魯斯特的觀點在於，真正激發我們深入思考的，往往是內心的煎熬與困擾，只有在此時，我們才會真正產生疑問。我們受苦，因此我們思考，思考幫助我們將紛亂的情緒重新梳理，將痛苦放回它原本的生命脈絡之中，進而幫助我們理解痛苦的本源，描繪其維度，引導我們逐步接納痛苦的存在並與之和解。

普魯斯特主張，人類獲取智慧有兩條途徑：一種是透過老師的諄諄教誨，無痛地吸收知識；另一種則是透過生活的磨礪，痛苦地體悟真諦。在他看來，生活透過痛苦讓我們所收穫的，遠遠超越前者的無痛學習。普魯斯特將這一觀點放入小說，透過他筆下虛構的畫家角色埃爾斯蒂爾（Elstir）口中道出。埃爾斯蒂爾向小說的敘事者提出了一個支持犯錯的觀點：

即便是最睿智的人，在年少輕狂之時，也難免說過一些愚蠢的話，或以某種日後回想起來會令自己不快的方式生活過，以至於若有可能，他或許會欣然地將這些記憶抹去。但是，他其實不應該對過去的經歷感到後悔，因為他無法確定自己是否已經成為一個智者——至少就我們人類所能企及的智慧程度而言——除非一個人已經歷了所有必要的愚蠢或不當行為，唯有如此，才能進入到最終階段，蛻變為一位真正的智者。我知道有些年輕人……從一開始在學校受教育，就接受了老師所灌輸給他們的高尚思想和道德修養。也許當他們回顧自己的人生時，會無愧地發現並無什麼需要收回的言行；甚至如果他們願意，可以將自己說過或做過的每一件事公開列舉，並大方地署名發表。但這樣的人都是些可憐的傢伙，是教條主義者的羸弱後裔，他們所謂的智慧是消極而無生氣的。真正的智慧是無法單純透過教導而獲得的，它需要我們親自去挖掘、體驗和感悟。這是一段沒有人能夠代替我們承擔的旅程，是一番沒有人能夠為我們免除的艱辛。

為什麼不行？為什麼這段充滿艱辛的旅程對於獲得真正的智慧如此不可或缺？雖然埃爾斯蒂爾並沒有具體說明，但可以想見，埃爾斯蒂爾認為，一個人經歷的痛苦程度和由此激發的思想深度之間，兩者具有明確的連結。這就好像我們的心智是一個敏感而嬌弱的器官，若非經歷了艱難困苦的刺激，否則拒絕接受人生中那些深刻而困難的真相。普魯斯特告訴我們：「快樂有利於身體健康，但是唯有在悲傷中才能發展心智的力量。」

這些悲傷經歷猶如一場心靈的鍛鍊，而在順風順水的快樂時光中，我們往往不會主動去接受這樣的挑戰。事實上，如果培養心智能力是我們真正的首要任務，那麼這就暗示著，相比於心滿意足的狀態，適度的不快樂反而更有益於我們的成長，與其埋首於柏拉圖或斯賓諾莎[9]的著作，不如去體驗一段充滿波折的戀情。

一個讓我們既愛慕又煎熬的女子，往往能在我們心中激起一連串深刻、強烈而富有生命力的情感。這種情感體驗的強度和深度，遠遠超過我們對一個才華橫溢的天才男子所產生的興趣。

當人生一切順遂時，我們自然地沉浸在天真無知的狀態中。當汽車運轉良好時，我們有什麼動力去了解它複雜的內部運作機制呢？當我們處在一段穩定的感情關係中，得到戀人許諾的忠誠時，我們怎會開始思考人性情感流動中的背叛呢？或者，當我們備受他人尊重時，又有什麼能驅使我們去探究社交生活中潛在的羞辱呢？只有當我們陷入悲傷時，在被窩裡哭喊，就像秋風中搖曳的枯枝一樣，我們才真正被激發出普魯斯特式的動力，去直面那些艱難的生命真相。

普魯斯特對醫生的懷疑態度，似乎也可以從這種思路得到解釋。在普魯斯特的知識理論中，醫生處於一個相當尷尬的位置。他們宣稱能夠洞悉身體的運作機制，但他們的知識主要並非源自於親身經歷的痛苦，他們所擁有的，不過是多年醫學院學習積累的理論知識。

令經常生病的普魯斯特感到十分惱火的，還有醫師的傲慢態度，特別是考慮到當

9 巴魯赫・斯賓諾沙（Baruch de Spinoza，1632-1677），荷蘭哲學家，是理性主義先驅，啟蒙時代開創者，作品引導了現代對自我及宇宙的認識。

時醫學知識的薄弱基礎，更讓這種傲慢顯得毫無根據。普魯斯特童年時期的一次治療經歷生動地說明了這一點。年幼的他被送去看一位名叫馬丁的醫生，這位醫生信誓旦旦地宣稱，他發現了一種可以永久治癒氣喘的方法。在長達兩個小時的治療過程中，馬丁醫生對普魯斯特實施了一種極其痛苦的手術，用燒灼法去除了他鼻腔內勃起組織。「你現在可以安心地去鄉下了，」手術結束後，他信心滿滿地告訴年幼的普魯斯特，「你再也不會受到花粉症的困擾了。」可惜的是，當普魯斯特再一次面對盛開的丁香花時，他就遭受了一次猛烈且持久的氣喘發作，手腳甚至變得青紫，連生命安全都受到了威脅。

這種對醫生的不信任，也在普魯斯特的小說創作中得到了充分的體現。當小說中敘事者的祖母生病時，焦急的家人立即召來了一位聲名顯赫且備受推崇的醫學權威杜布爾邦醫生。然而，儘管祖母正遭受著劇烈的疼痛煎熬，杜布爾邦醫生卻只是草草地進行了一番檢查，就自信滿滿地宣稱找到了完美的解決方案。

「夫人，您一定會康復的，」杜布爾邦醫生說，「關鍵在於您何時——而這完全取決於您自己，或許就是今天呢——您終於意識到自己其實沒有任何問題，並決定恢復正常的生活。您說您一直沒有進食，也沒有出門？」

「但是，醫生，我一直在發燒。」

「至少現在沒有。」杜布爾邦醫生輕描淡寫地回應，「您看，這是多麼完美的藉口啊！您不知道我們會給體溫高達華氏一百零二度的結核病人食物，並且讓他們待在戶外嗎？」

在這位權威醫生的堅持下，祖母難以反駁，不得不勉強自己下床，帶著孫子艱難地前往香榭麗舍大道[10]（Champs-É lysées）呼吸新鮮空氣。當然，這次出行便奪走了她的生命。

一個堅定的普魯斯特追隨者應該求診於醫生嗎？這個問題的答案似乎並不如我們想像的那般簡單明瞭。馬塞爾·普魯斯特本人，作為一位外科醫生的兒子和兄弟，最終對這個職業給出了一個頗為微妙，甚至可以說是出人意料的寬容評價：

「完全相信醫學無疑是極度愚蠢的，然而，徹底否定醫學則是更大的愚蠢。」

---

10 香榭麗舍大道（Champs-É lysées），巴黎市中心通往凱旋門的著名大道。

若我們進一步深入普魯斯特的思想邏輯，或許會得出一個有趣的結論：最明智的辦法，可能是尋找那些親身經歷過嚴重疾病折磨的醫生。

綜觀普魯斯特的一生，他所承受的不幸如此猛烈而深刻，以至於我們幾乎無法質疑他思想的有效性。事實上，正是這些難以承受的痛苦經歷，成為普魯斯特洞見的完美前提條件。這種現象其實也並非普魯斯特所獨有：普魯斯特經歷了戀人在安提伯（Antibes）海岸附近的飛機失事中喪生、斯湯達爾經歷了一連串令人心碎的單相思、尼采[11]則是一個連學童都嘲弄的社會邊緣人，這些痛苦的經歷，某種程度上都成為了他們思想的背書，讓我們更加確信自己透過他們所發現的，確實是珍貴而深刻的智慧。相比之下，那些生活滿足或光鮮亮麗的人們，似乎很少能夠留下關於生命意義的深刻見證。這讓人不禁懷疑，這種智慧似乎是極度不幸者的特權，也是上天給予他們的唯一祝福。

然而，在我們不加批判地接受這種浪漫主義的痛苦崇拜之前，還必須補充一點：單純的痛苦本身從來都是不夠的。因為，不幸的是，失去一個深愛的人遠比完成《追憶逝水年華》這樣的鉅著要容易得多；經歷一段刻骨銘心的單相思，也比寫出像《論愛情》（*De L'Amour*）這樣深刻洞察人性的作品要簡單得多；在社會中備受排斥，也比成為《悲劇的誕生》（*The Birth of Tragedy Out of the Spirit of Music*）的作者要容易得多。許多不幸的梅毒患者並沒有創作出他們絢麗的《惡之花》（*The Flowers of Evil*），反而選擇舉槍自殺，了結生命。因此，對於痛苦，我們能做出的最大肯定或許是，它為智慧的萌發和富有想像力的探索開啟了可能性，儘管這些可能性很容易受到忽視或拒絕，事實上，在大多數情況下，人們確實選擇了視而不見或逃避痛苦。

面對這樣的現實，我們不禁要問：除了期待痛苦能帶來智慧的啟迪，我們還有什麼其他的選擇嗎？即使創作傑作不是我們的抱負，我們又該如何學會更好地承受苦難？儘管在傳統上，哲學家們似乎將注意力更多放在追求幸福上，然而，探索如何恰當且富有成效地應對不快樂，其中似乎蘊含著更大的智慧。

生命中反覆出現的痛苦，其實暗示著一個深刻的真理：如果能夠發展出一種切實可行的應對方法，其價值必定遠勝過追求任何理想化、烏托邦式幸福的嘗試。普魯斯

11 弗里德里希・威廉・尼采（Friedrich Wilhelm Nietzsche，1844-1900），德國哲學家、詩人、文化批評家，知名作品包括《悲劇的誕生》、《道德譜系學》、《善惡的彼岸》、《查拉圖斯特拉如是說》等。

特，作為一位在悲傷戰場上身經百戰的老將，想必深諳此理：

生活的全部藝術，就在於如何從那些使我們痛苦的人身上汲取教益。

這種生活的藝術究竟包含哪些層面呢？對於一個追隨普魯斯特思想的人來說，首要任務就是更深入地理解現實的本質。痛苦常常令人措手不及：我們無法參透為何會在戀愛中遭到拋棄，為何無法收到心心念念的邀請函，夜深人靜時何以輾轉難眠，又或者為什麼無法在春日裡悠然漫步於花粉繚繞的草原。尋找到這些令人不快的根源，並不能立即且顯著地免除我們的痛苦，但是，這個根源卻可能構成了康復的重要基石。同時，這種探索還能讓我們意識到，在這世上，我們的確並非孤身一人受到了詛咒，這份洞察能讓我們意識到痛苦的界限，以及其背後隱藏的苦澀邏輯：

當悲傷轉化為想法的那一刻，它就失去了一些傷害我們心靈的力量。

然而，生活中更為普遍的現象是，痛苦往往無法成功轉化為有益的思考，我們非但未能更透徹地洞悉現實，反而被推向了一個有害的方向，置身於更加不利的境地。在此情境下，我們既無法汲取任何新的見解，又受制於更多的幻想而陷入苦惱，相較於未曾經歷過痛苦的狀態，我們反而更加缺乏深刻而有力的思考能力。

普魯斯特的小說中恰恰充斥著這樣一類人物，我們或可稱之為「拙劣的受苦者」。這些可憐的靈魂在愛情中遭遇背叛，或被排斥在社交圈之外，他們因感到自身智識能力不足或社交自卑而備受煎熬。可悲的是，他們並未從這些磨難中汲取教訓、領悟到有價值的想法，反而採取了各種有害的防禦機制來應對，這些機制包括但不限於：傲慢自大、妄想、殘酷冷漠、怨恨憤怒等。

在不過分貶低這類人物的前提下，我們或許可以從小說中挑選出幾個典型的「拙劣受苦者」，仔細考察他們的心理症狀，以及他們那些被普魯斯特認定為不合格的應對策略和防禦機制；秉持著溫和而富有同情心的治療精神，我們可以嘗試為這些人物提出一些更有建設性、更能促進個人成長的應對方式。

病人1號

韋爾迪蘭夫人：一位布爾喬亞階級夫人，她主持的沙龍成為了藝術和政治愛好者匯聚的中心，被她親暱地稱為「小圈子」。韋爾迪蘭夫人對藝術有著超乎尋常的感受力，不過當她被音樂之美的感受所征服時，卻莫名伴隨了頭痛的症狀；另有一次，她則因為笑得過於劇烈而導致下巴脫臼。

問題：韋爾迪蘭夫人畢生致力於在社交圈中向上攀升，但她卻發現自己被那些她最渴望結識的上流人士所忽視。她的名字始終未能出現在最顯赫的貴族家庭的邀請名單上，她在蓋爾芒特公爵夫人的沙龍裡，也感受到自己不受歡迎，而她自己精心經營的沙龍，似乎也無法吸引到她夢寐以求的上流社會成員，參加者大多是與她地位相當的人；最令韋爾迪蘭夫人感到不平的是，法國總統從未邀請她到愛麗舍宮（Élysée Palace）參加午宴，卻邀請了查爾斯・斯萬，一個她認為在社會地位上並不比自己高的人。

回應問題的方式：面對這種處境，韋爾迪蘭夫人表面上似乎絲毫不受影響。她堅持認為（至少在表面上），任何拒絕邀請她的或不來參加她沙龍的人都是「平庸無趣」

之輩——當然這也包括沒有邀請她的總統格雷維（Jules Grévy），肯定相當平庸無趣。

然而，這個詞用得如此恰當地反常，它不偏不倚與韋爾迪蘭夫人實際上對那些顯赫人物的仰慕形成了鮮明對比。這些上流人士深深令她著迷，卻又如此難以接近，以至於她只能以一種不太令人信服的漫不經心來掩飾她內心的渴望和失落。

當斯萬在韋爾迪蘭家的沙龍裡，不小心透露出他受邀與格雷維總統共進午宴時，其他賓客的羨慕之情立時溢於言表，彷彿一陣漣漪在沙龍中蕩漾開來，察覺到這種氛圍，斯萬迅速採取了一種貶低的口吻，試圖平息眾人的羨慕之情：

「我向各位保證，他那種午宴實在是乏味至極。而且你們知道嗎，還非常簡樸——在座賓客從未超過八個人。」

其他客人很可能會意識到，斯萬此言不過是出於禮貌，然而，韋爾迪蘭夫人卻無法像其他人那樣理解，她太過在意這個話題、太深受此困擾了，所以完全無法忽視任何這類的暗示，好讓她得以相信自己得不到的東西其實並不值得擁有。

「我完全理解你的感受，太容易想像了，那種午宴想必是無趣至極。老實說，你能去參加是不錯……不過我聽說，〔總統〕耳朵聾得像塊木頭，還會用手指抓東西吃呢。」

較好的回應方案：為何韋爾迪蘭夫人如此深陷痛苦之中？答案其實很簡單，因為我們缺少的事物永遠比擁有的多，不邀請我們的人永遠比邀請我們的人多。是以，如果我們養成了一種習慣，將所有無法得到的事物都貶低為乏味無趣，僅僅是因為它們超出了我們的觸及範圍，那麼，我們對於何為真正有價值的判斷就會變得極度扭曲。

讓我們誠實地面對自己吧，雖然我們可能渴望與總統會面，但現實是他可能並不想見我們，然而，這個細節不該成為我們重新評估對他感興趣程度的理由。對於韋爾迪蘭夫人而言，她也許應該學會更深入地理解社交圈內的複雜排擠機制和潛規則，或是至少學習如何輕鬆優雅地面對自己的挫折感，例如，她可以坦然承認自己的慾望，甚至可以開玩笑地要求斯萬帶回一份總統親筆簽名的菜單。透過這種方式，韋爾迪蘭夫人可能會逐漸培養出一種獨特的個人魅力，也許最終真的會收到那份夢寐以求的愛麗舍宮邀請函呢。

病人2號

弗朗索瓦茲：敘事者家中一位廚藝精湛的廚師，善於烹製美味的蘆筍和凍牛肉。

她著名的性格特徵如下：固執，對廚房職員要求嚴厲，但對雇主忠心耿耿。

問題：弗朗索瓦茲幾乎不具備什麼知識，她從未接受過正規教育，對世界大勢、國際情勢、當時的政治動向和王室情況的了解都極其有限。

回應問題的方式：為了掩飾自己的無知，弗朗索瓦茲養成了一種特殊的習慣，總是試圖給人一種無所不知的印象。簡而言之，她表現得像是個「萬事通」。每當有人告訴她一些她完全不了解的事情，或提起一個她陌生的話題時，她的臉上就會瞬間閃過一絲「萬事通的恐慌」，但她很快就會將這種表情壓制下去，維持一副泰然自若的樣子：

> 弗朗索瓦茲拒絕表現出驚訝的樣子。即便有人告訴她一個她從未聽說過的人物，比如魯道夫大公（Archduke Rudolf），他們聊到他並非如大家所傳說的那樣已經去世了，而是仍然生龍活虎地活著，她也只會平淡地回應一句「是啊」，彷佛這是她早已知曉的事實。

精神分析文獻中提到過一位女性病例，與弗朗索瓦茲的狀況十分雷同。這位病例中的女性，每當她坐在圖書館裡就會感到暈眩，被書籍包圍著會讓她感到不由自主地噁心，只有離開書籍環繞的環境，症狀才能得到緩解。這並非如人們所猜想的，是因為她厭惡書籍，恰恰相反，正是因為她感受到自己知識極度匱乏，太過渴望擁有書本以及其中的知識了，這份渴望之深，她甚至希望能夠一口氣吸收書架上所有書籍的內容。而正是因為這是不可能的，沒人能做到這件事，導致她迫切需要逃離這令她感到自己極度無知的環境，轉而投身一個知識含量較少的空間來獲得心理安慰。

要成為一個真正博學的人，首先需要坦然面對並接受自己的無知。這意味著能夠認識到，無知並非永恆不變的狀態，也不應該將其視為個人問題，或是自己天生固有能力不足的體現。

然而，弗朗索瓦茲這位「萬事通」，似乎已經失去了透過正當途徑獲取知識的信心和勇氣。考慮到她的生活環境，這種心理狀態也許並不令人意外。她一生都在為那些令人生畏的高學歷雇主服務，烹製精美的蘆筍和凍牛肉。這些雇主有一整個上午的充裕時間閱讀報紙，隨興所至地在屋內踱步，信手拈來就可引用拉辛和塞維涅夫人的文章；對了，弗朗索瓦茲可能還曾經聲稱自己讀過塞維涅夫人的短篇小說呢[12]。

較好的回應方案：弗朗索瓦茲無所不知的「萬事通」態度，實際上反映了她對知識的真誠渴望，然而，可悲的是，這種態度卻成為她獲取知識的最大障礙。除非她願意暫時放下面子，勇敢地承認自己的無知，開口問一句到底魯道夫大公是誰，否則，關於這位大公生死的真實情況將會永遠是個謎。

病人3號

阿爾弗雷德・布洛克：敘事者學生時代的朋友，一位知識淵博的布爾喬亞階級猶太人，他的外貌突出，被人比作文藝復興時期畫家貝里尼（Bellini）畫作中的穆罕默德二世蘇丹（Sultan Mahomet II）。

問題：容易出醜、表現得笨拙不堪，在重要場合常常令自己陷入尷尬的境地。

回應問題的方式：布洛克最引人注目的特點之一，是他處理尷尬情況的獨特方

12 塞維涅夫人（Mme de Sévigné，1626-1696），法國路易十四時代書信體作家，作品反映路易十四時期的宮廷生活和社會狀況。未曾出版短篇小說作品。

式。在那些普通人會謙遜道歉的場合，他卻總是表現得異常自信，彷彿完全沒有羞恥感或尷尬。

有一次，敘事者的家人邀請布洛克共進晚餐，但他卻遲到了整整一個半小時才現身，很顯然地，他在途中遭遇了一場突如其來的陣雨，整個人從頭到腳都沾滿了泥巴。在這種情況下，他本可以立刻道歉，解釋自己遲到和滿身泥濘的原因，但布洛克不但什麼也沒說，反而開始滔滔不絕地大發議論，表達他對準時出席和衣著乾淨得體這些習俗的蔑視：

「我絕不容許自己受到大氣變化或所謂時間的絲毫影響，就說時間，那不過是人為武斷劃分出來的概念罷了。我倒是希望鴉片煙或馬來短劍重回大眾視野、再次流行起來；對於這種絕對更加有害、充滿布爾喬亞階級品味又乏味的物件，例如雨傘和手錶，我可是一概不屑一顧。」

布洛克的這種行為並非源於他不想討人喜歡。然而，他似乎無法忍受在嘗試取悅他人時遭遇失敗的痛苦。因此，他選擇了一種看似更容易的方式，主動冒犯他人，至少這樣他能夠掌控自己的行為和他人的反應。如果他無法準時赴約，又不幸遇上大雨，為何不把時間和天氣對他的「侮辱」轉化為自己的「勝利」，並宣稱這正是出於他自己的意願呢？

較好的回應方案：把手錶戴上、拿把雨傘，然後說聲對不起。

病人4號

這個角色在小說中只是短暫出現。我們不知道她瞳孔的顏色，不知道她如何著裝，甚至不知道她的全名。她僅以阿爾貝婷的朋友，同時也是安德烈母親的身分為讀者所知。

問題：安德烈的母親和韋爾迪蘭夫人一樣，她也處心積慮想在社交圈中受到矚目，渴望獲得那些她認為「體面人士」的晚宴邀請。然而，現實總是事與願違。當她十幾歲的女兒帶阿爾貝婷回家做客時，阿爾貝婷漫不經心地提起她曾多次與法國銀行（Bank of France）總裁的家人一起度假時，安德烈的母親內心波濤洶湧。這個消息令她大為震驚，因為儘管她一直夢寐以求有此機會，卻從未有幸受邀到那座大宅做客。

回應問題的方式：每天晚上一同用餐時，（安德烈的母親）聽著阿爾貝婷說起那所豪宅裡發生的種種細節，以及那些與會賓客的名字，幾乎都是一些她認得樣子或聽過名字的人。儘管她表面上裝作漠不關心甚至帶著幾分輕蔑，實際上，她的內心被阿爾貝婷講述的一切深深吸引，一想到自己只能以如此間接的方式了解這些上流社會的人物和事件，安德烈的母親內心泛起一絲難以言喻的憂鬱。她以一種高傲而疏離的語氣，微微噘起嘴唇，向阿爾貝婷詢問這些人的種種細節。此時，出於她對自己社會地位產生的懷疑和不安，她會對管家說：「請告訴廚師，他的豌豆[13]煮得不夠軟。」透過這種方式，安德烈的母親重新找回了「現實生活」的安全感。就這樣，她又恢復了內心的平靜。

這個被牽連進來，對這份平靜和對豌豆都同樣負有責任的主廚，在小說中出場時間比他的女主人還要少。他名叫傑拉德還是喬爾？他是來自布列塔尼（Brittany）還是朗格多克（Languedoc）？他是在銀塔餐廳[14]（Tour d'Argent）還是伏爾泰咖啡館（Café Voltaire）當二廚學藝的？但最關鍵的問題是，法國銀行總裁沒有在假日時邀請他的女主人度假，與這位廚師又有何關係？為什麼無辜的廚師和豌豆，要為女主人沒受邀到銀行總裁豪宅而承擔罪責？

這種以不公平又缺乏洞察力的方式來尋求內心平靜的例子，蓋爾芒特公爵夫人在小說中也貢獻了自己作為個案。公爵夫人有一個不忠的丈夫和一段冷淡的婚姻，而她的傭人普連，則有一段令人羨慕的戀情，他深愛著一位在另一間府邸工作的年輕女僕。由於工作時間的衝突，兩人的休假日很少重疊，所以這對戀人鮮少有機會見面。

就在普連期盼已久的約會即將到來時，一位名叫德古奇（M. de Grouchy）的紳士應邀來到公爵夫人家中共進晚餐。飯局中，這位熱衷於狩獵的德古奇先生慷慨地表示，願意贈送公爵夫人六對他在鄉間莊園獵到的野雉。公爵夫人對此表示由衷的感謝，但她巧妙地堅持認為，德古奇先生的慷慨之舉已然足夠，因此她打算派遣自己的傭人——也就是普連，前去領取這份禮物，以免進一步打擾德古奇先生和他的僕人們。

在場的與會賓客無不對公爵夫人的體貼印象深刻，認為她考慮周到。然而，他們並不知道，公爵夫人這番看似「慷慨」的舉動背後，實則有一個隱密的動機：藉此阻

13 豌豆（peas）和安寧（peace）諧音，此處是作者一語雙關的幽默。

14 「銀塔餐廳」是Tour d'Argent的常用中文譯名，這是巴黎一家著名的高級餐廳。

撓普連如期赴約，使他無法與心上人相見。對於早已失去美滿婚姻、與真摯愛情絕緣的公爵夫人而言，她也就不必因為目睹他人的幸福戀情而感到痛苦了。

較好的回應方案：饒了傳信者、廚師、男僕，還有豌豆吧。

病人編號5

查理斯・斯萬：一位在社交場合備受青睞的紳士，曾受邀與總統共進午餐，還是威爾斯親王的朋友，更是那些上流高雅沙龍的常客。斯萬集英俊瀟灑、家財萬貫、談吐風趣於一身，還帶著幾分天真。此時的他，正沉浸在愛情的甜蜜中。

問題：斯萬收到了一封匿名信，信中揭露了他的情人奧黛特（Odette）不為人知的過去，稱她曾是眾多男人的情婦，而且經常出入如妓院般一些聲名狼藉的場所。這個消息如同晴天霹靂，讓斯萬心煩意亂，他不禁開始思索，究竟是誰會寄給他這樣一封揭露隱情又極具傷害性的信。信中提到的諸多細節，包含了一些顯然只有與他親近的人才會知曉的事。

回應問題的方式：斯萬決心要尋找寄出這封信的罪魁禍首。他開始逐一審視他的每一位朋友：夏呂斯先生、洛姆先生、奧爾桑先生……然而，無論他如何推敲，他都無法相信這封信會出自他們之中的任何一人之手。當他發現自己無法懷疑任何人時，斯萬開始以更加批判性的眼光審視這一切，最終，他得出了一個令人不安的結論：事實上，他認識的每個人都有可能是這封信的作者。這個認知讓斯萬陷入了深深的困惑：他該如何看待這件事？他又該如何重新評價他的這些朋友們？這封殘酷的信成了斯萬深入了解人性複雜面的一個契機：

這封匿名信無情地揭示了一個令人不安的事實：他所熟識的人中，確實存在著能夠做出如此卑劣行為的個體，然而，這種卑劣究竟更可能潛藏在哪種類型的人心中？是那些表面熱心腸的人，還是看似冷漠而深不可測的人？是藝術家，還是屬於布爾喬亞階級的人？是高高在上的貴族，還是僕人？這種困惑不僅動搖了斯萬對他人的信任，更使他開始質疑自己一直以來評判他人的標準。畢竟他意識到，他認識的每一個人，都可能在某些情況下做出令人羞恥的行為。斯萬陷入困境之中：他是否應該就此切斷與所有朋友的來往？他的思緒變得愈發混沌不清。他無助地用手在額頭上來回撫摸了兩三次，又用手帕擦了擦眼鏡……最終，他還是決定繼續與所有他曾懷疑過的朋友握手，只是在心裡暗暗保留了一個想法：也許他們之中的每個人，都曾在某一刻想要讓他絕望。

較好的回應方案：這封匿名信給斯萬帶來了巨大的痛苦，但可惜的是，這種痛苦並未能引導他達到更深層次的理解。他可能已經褪去了一層感性的天真，意識到朋友們表面的行為下，可能掩蓋著更黑暗的內心，然而，他既無法找到辨識這些隱藏跡象的方法，也無法追溯到這種行為的根源。他的思緒變得混沌，他一遍又一遍擦拭眼鏡，卻始終無法看清普魯斯特眼中背叛和嫉妒最精妙之處——它能夠激發出人的智性動機，驅使我們去探索他人那些隱藏的、不為人知的一面。

儘管我們在日常生活中偶爾會對他人產生懷疑，認為他們可能對我們有所隱瞞，但只有當我們陷入愛情時，才會感受到那種迫切需要深入探究的衝動。在尋求答案的過程中，我們往往會驚訝地發現，人們為了掩飾和隱藏自己的真實生活，可以達到何種程度。

嫉妒這種情感之所以如此強大，部分原因在於，它能夠讓我們清醒地意識到，外在現象的真實性和他人的內心情感是多麼難以捉摸，總是引發我們無盡的猜測。有時候我們會想像自己已經完全了解某件事是怎麼回事，或是相信自己知道他人的想法，然而，那僅僅是因為我們並不真的在乎。一旦我們像那些被嫉妒折磨的人一樣，迫切地渴望知道真相時，一切就會變成一個令人眼花繚亂的萬花筒，我們再也無法清晰地分辨清楚任何事物。

斯萬可能早已知曉一個普遍的真理，那就是生活充滿了各種對比；然而，對於他所認識的每一個人，他都天真地相信，自己所不了解的那部分生活，必定與他所熟悉的部分保持一致。他習慣於用自己所見之事來理解那些隱藏之事，因此他其實對奧黛特知之甚少；正因如此，他才會感到這麼難以接受，一個在他面前看似如此體面的女人，竟然曾經頻繁出入風月場所。同樣地，斯萬對自己的朋友們的了解也很片面，因此感到很難想像，一個在午餐時與他進行愉快交談的人，到了晚上卻可能寫下一封充滿惡意的信，粗俗地揭露他情人的過去。

那麼，由此我們可以得到什麼樣的教訓呢？當面對他人意料之外又傷人的行為時，我們應該做的不僅僅是擦擦眼鏡而已，而是將這個事件視為擴展我們理解能力的機會。就如普魯斯特對我們做出的提醒：「當我們發現他人的真實生活，看到表象下的真實世界時，我們往往會感到非常驚訝；就如同走進一棟外表平凡無奇的房子，卻發現裡面竟然藏滿珍寶，或者發現走入的竟是一間可怕的刑求室，甚至驚悚地存有骸骨一般。」

相較於上述那些「拙劣的受苦者」，普魯斯特處理自身悲傷的方式可說是比較值得讚賞。

儘管普魯斯特飽受氣喘之苦，以至於在鄉間逗留時都面臨生命危險，甚至僅僅是看到盛開的丁香花就會導致他臉色發紫，但他還是拒絕效仿韋爾迪蘭夫人的做法，採取逃避或否定的態度，既沒有煩躁地宣稱花朵很無聊，也沒有大肆宣揚整年待在緊閉的房間裡是多麼美好。

在知識的領域裡，儘管他的知識儲備中確實存在一些顯而易見的空白，但他很樂意填補這些空白，也不以為恥。普魯斯特在二十七歲時曾問呂西安・都德：「《卡拉馬助夫兄弟們》（*The Brothers Karamazov*）的作者是誰？」或是問道：「鮑斯威爾（Boswell）[15]的《約翰生傳》（*Life of Johnson*）有沒有被翻譯過？狄更斯最好的作品是哪一部（我一本都沒讀過）？」

同樣地，也沒有證據表明他將個人生活中的失望情緒遷怒他人，或是轉嫁到家中僕人身上。相反地，他似乎已經掌握了一種珍貴的技巧——那是一種將悲傷轉化為思想的能力；這一點在他摯愛的司機奧迪隆・阿爾巴雷（Odilon Albaret）結婚時得到了充分的體現，儘管普魯斯特的情感生活不如己意，但當他鍾愛的、慣用的司機與一名女子結婚時（這名女子後來還成為普魯斯特的女僕），普魯斯特還是發出了賀電，祝福這對新人，賀電十分真誠，只略帶了一絲微小的自憐，以最溫和的方式試圖引發對方的愧疚感，這裡請注意他以斜體標出的句子。

恭喜你們。*我感冒了，而且很疲倦*，所以沒有寫得更長，但我衷心祝願你們和你們的家人幸福。

15 鮑斯威爾（James Boswell，1740-1795），蘇格蘭傳記作家，著有《約翰生傳》。此處普魯斯特將鮑斯威爾的名字拼錯了，寫成Boswelle。

我們可以從中學到什麼？首先，我們應該認識到，獲得幸福的最佳機會，往往來自於我們如何看待和處理生活中的挑戰，來自於那些透過我們的咳嗽、過敏、社交失態和情感背叛等方式，以暗碼形式呈現給我們的智慧；其次，應該避免像那些責怪豌豆煮得不夠軟、抱怨他人言談無聊，或是埋怨時間和天氣的人那樣，陷入忘恩負義和消極負面的情緒泥沼中。

5

CHAPTER

如何表達情感

只要看看最讓一個人惱怒的是什麼，很可能就會對他們有更深的認識。普魯斯特對某些人的表達方式就感到極度惱火。根據呂西安・都德的描述，普魯斯特有個朋友，他認為在法語交談中穿插英語短句是一種時髦的表現，因此每當這位朋友離開房間時，總是會說「Goodbye」，或是更隨意的「Bye, bye」。都德說：「這明顯讓普魯斯特感到非常不適，他的表情會變得痛苦而惱怒，就像有人用指甲刮黑板時的反應一樣。他會很哀怨地喊：『這種事真的會讓人牙根發麻、渾身不舒服！』」

普魯斯特的不滿並不僅限於這一個例子。那些喜歡用「大藍海」（the Big Blue）指稱地中海，用「阿爾比恩」[1]（Albion）代替英國，或是稱呼法國軍隊為「我們的小伙子們」（our boys）的人，同樣會引起他的不悅。此外，那些遇到下大雨就只會說「傾盆大雨」（Il pleut des cordes）[2]，遇到寒冷天氣就說「天寒地凍」（Il fait un froid de canard）[3]，形容別人聽力有問題就說「像籃子一樣聾」（Il est sourd comme un panier）[4]的人，也讓他感到十分痛苦。

那麼，為什麼這些看似普通的短語表達方式會如此觸怒普魯斯特呢？儘管現代人的談話方式與普魯斯特時代相比已有所變化，但不難看出上述表達方式的確存在一定的缺陷，也相對拙劣。值得注意的是，儘管普魯斯特不滿地皺眉，但他的抱怨更多是心裡層面的，而非純粹的文法問題（事實上，他還曾這樣自誇：「沒有人比我更不懂文法。」）。在十九世紀末二十世紀初時，在法語中摻雜英語詞彙，用「阿爾比恩」代替英國、或是用「大藍海」指稱地中海，這些做法往往是為了顯得自己見多識廣而且跟得上潮流，不過，這種做法實際上依賴的是本質上不真誠、繁瑣的陳詞濫調。離開時說「Bye, bye」並無添加特殊意義，不過是為了炫耀，借用了當時法國人對英國事物的普遍狂熱。至於像「傾盆大雨」（Il pleut des cordes）這樣的俗套短語，雖然沒有「Bye, bye」那樣的炫耀性質，但它們卻代表了最為陳腐的語言結構，使用這些固定搭配意味著，說話者並不關心是否真實地描繪了具體情況。普魯斯特痛苦的表情和反應，實際上是在捍衛一種更為誠實、更準確的表達方式。

呂西安・都德與我們分享了他首次體會這一課的難忘經歷：

1 Albion是大不列顛島的古稱。

2 「Il pleut des cordes」法文俗語，直譯指雨像繩子一般落下。

3 「Il fait un froid de canard」法文俗語，直譯為如鴨子般凍僵了。

4 「Il est sourd comme un panier」法文俗語，直譯為像籃子一樣聾。

有一天，我們剛聽完一場演奏貝多芬的《合唱交響曲》（Choral symphony）[5]音樂會出來，我沉浸在音樂的餘韻中，口中哼著一些模糊的音符，以為通過這種方式就能表達我剛剛經歷的情感。我以一種後來回想起來顯得可笑的誇張語氣喊道：「剛剛那段真是太棒了！」普魯斯特聽後笑了起來，說道：「但是，親愛的呂西安，你剛剛唱的『啦、啦、啦』恐怕難以傳達出那種美妙！不妨還是試著解釋一下吧！」當時的我聽了並不怎麼高興，但那次經驗，確實讓我上了難忘的一課。

這是一堂關於如何為事物找到恰當表達詞語的課。然而，這個過程往往充滿挑戰。當我們感受到某些事物時，常常急於抓住腦海中最先浮現的詞語或旋律來表達和溝通，卻未能真正傳達出引發我們這樣做的深層原因。我們聽了貝多芬的第九交響曲就哼著「啦、啦、啦」，看到埃及古夫（Giza）金字塔就說「嘆為觀止」，這些簡單的聲音和詞語被用來描述一種複雜的體驗，但它們自身卻是如此貧乏而侷限，既不能讓我們自己，也不能讓與我們對話的他人真正理解我們經歷了什麼。我們似乎被困在自身印象的表層，透過一扇霧面玻璃窗凝視著它們，表面上，我們似乎與這些體驗有所聯繫，但實際上，卻與那些難以簡單定義的深層情感和思考保持著一定距離。

讓我們來看看普魯斯特一位朋友的例子，這位名為加布里埃爾・德・拉羅什富科（**Gabriel de la Rochefoucauld**），出身貴族的年輕人，他的某位祖先在十七世紀曾創作過一部廣為人知的短篇格言集。加布里埃爾沉迷於巴黎時尚的夜生活，常常在高級餐廳和俱樂部中流連忘返，以至於一些尖酸刻薄的同輩開始戲稱他為「美心酒館（Maxim's）的拉羅什富科」[6]。然而，在一九〇四年，加布里埃爾忽然改變自己的生活方式，放棄了紙醉金迷的夜生活，決定試試投身文學創作。他最終完成了一部名為《情人與醫生》（*The Lover and the Doctor*）的小說，剛剛完成就以手稿形式寄給了普魯斯特，請求他的評論和建議。

「請記住，你寫了一部優秀而有力量的小說，一部精湛、悲劇性的作品，其筆法複雜而純熟，」普魯斯特在回信中這樣告訴他的朋友。這樣的讚美無疑會讓任何初出茅廬

---

5 貝多芬第九號交響曲，又名《合唱交響曲》。

6 加布里埃爾・德・拉羅什富科（Gabriel de la Rochefoucauld）的祖先法蘭索瓦・德・拉羅希福可（François de La Rochefoucauld，早年熱衷政治，一六六五年出版《箴言集》（*Réflexions ou sentences et maximes morales*，簡稱*Maximes*），與時尚酒館Maxim's同音，因此成為他人嘲諷的素材。

的作者感到欣喜。然而，在這段溢美之詞之前，普魯斯特還寫了一大段文字，其內容恐怕會讓拉羅什富科的喜悅稍微打了折扣。這部「精湛而悲劇性」的作品似乎存在不少問題，其中最為突出的，就是充斥著陳詞濫調：「你的小說中有一些氣勢恢宏的大型風景描寫，」普魯斯特小心翼翼地解釋道，「但讀者可能會希望這些描寫能夠以更有原創性的方式來描繪。的確，夕陽西下時天空會呈現出燃燒般的景象，但這種比喻已經被過度使用了，同樣地，那輪散發著柔和光芒的月亮也顯得有些乏味。」

我們或許會疑惑，為何普魯斯特如此反對那些被過度使用的詞句。畢竟，月亮不是的確散發著柔和的光芒嗎？日落時的天空不是看起來確實像在燃燒嗎？所謂陳詞濫調，不就是那些經過時間考驗，被證明行之有效的表達方式，所以自然而然地流行起來嗎？

然而，陳詞濫調的問題並非在於它們包含了錯誤的觀念，而是在於它們對一些本來很好的想法只做了最膚淺的闡述。太陽在日落時的確常常呈現出燃燒的景象，月亮也的確經常隱隱散發柔和的光芒，但如果我們每次看到太陽或月亮都只用這樣的詞句來描述，最終，我們會誤以為這就是對這個主題最終極、最全面的定論，而非開始探索這個主題最起始的話語。陳詞濫調之所以有害，正是因為這容易讓我們誤以為，某種情況已經得到充分描述了，而實際上，卻只是輕輕掠過了表面。這一點之所以如此重要，是因為我們表達的方式最終會與我們感受的方式緊密關聯，我們描述世界的方式在某種程度上，必然反映了我們最初經歷和感知它的方式。

加布里埃爾在小說中提到的月亮當然可能是隱隱的、含蓄的，散發柔和的光芒，但月亮很可能還有許多其他特質，值得繼續探索和描述。在《情人與醫生》發表八年後，普魯斯特自己小說的首卷也出版了；不知道加布里埃爾（假如他沒有重新沉迷於美心酒館的唐貝里儂頂級香檳（Dom Perignon）的話）是否注意到普魯斯特對月亮的描寫。普魯斯特巧妙地避開了那些沿用了兩千多年的現成月亮描述，發展了一個不尋常但貼切的比喻，更好地捕捉到了觀月體驗的真實感受。

有時，在午後的天空中，一輪白色的月亮會像一朵小雲一樣悄悄爬上來，神祕而不張揚，彷彿是一位暫時不用「登場」的女演員，她穿著簡單的衣服「站在前面」，靜靜地看了一會兒同伴演員的演出，但仍然留在背景中，不願引人注目。

即使我們能夠欣賞並認同普魯斯特這個比喻的獨特之處，但自己未必能輕易想出這樣富有創意的描述。這樣的比喻可能更接近我們對月亮的真實印象，然而，當仰望夜空中的明月，被要求說出內心感受時，我們往往更容易想到那些陳腐老套的形容詞，而非如此富有靈感的描述。即使內心清楚自己對月亮的描述缺乏新意，卻又不知道該如何改進。不過，如果試著對普魯斯特的態度稍作推測，他可能並不會過分苛責這一點，相比之下，他對那些毫無歉意地使用陳詞濫調的人更反感。這些人認為，只要遵循既有的語言慣例（如「金色光球」（golden orb）、「天體」（heavenly body）等）就是正確的表達方式，並且相信說話時首要的任務不是追求原創性，而是要聽起來像其他人。

不可否認，想要讓自己聽起來像其他人確實具有一定的誘惑力。遵循某些約定俗成的語言慣例，能夠讓我們聽起來更有權威、聰明、更見多識廣，或者，更能夠恰當地表達感激或深受感動的樣子。

隨著年歲漸長，阿爾貝婷萌生了一個想法：她決定像其他人那樣說話，就像個布爾喬亞階級的年輕女子。她開始學習並運用這個社會階層的女性常用的一系列表達方式，這些話語習慣大多是她從姑媽邦唐夫人（Mme Bontemps）那裡習得的。普魯斯特暗示，這就像一隻金翅雀幼鳥透過模仿父母的一舉一動，來學習如何在鳥群中表現得像個成年金翅雀。漸漸地，阿爾貝婷養成了一種交談習慣，她會重複對方剛說過的話，藉此表現出她對談話內容極為感興趣的樣子，並且於此同時形成自己的觀點。例如，當有人告訴她某位藝術家的作品很出色，或誇讚某人的房子很漂亮時，她會以一種近乎條件反射的方式回應，「哦，他的畫很好，是嗎？」「哦，他的房子很漂亮，是嗎？」此外，阿爾貝婷還學會了一些特定的用語，用以應對不同的情境，例如，當她遇到一個與眾不同的人時，她現在會說，「他真是個奇人」，當有人建議玩紙牌時，她會半開玩笑地回應，「我才沒錢可燒」，而當她感到被朋友不公正地責備時，她則會大喊，「你太超過了！」普魯斯特敏銳地指出，所有這些表達方式，都像聽寫練習一樣，是由「幾乎和教堂敬拜（Magnificat）一樣古老的布爾喬亞階級傳統」所規定的，這種傳統制定了言語規範，是每個體面的布爾喬亞階級女孩必須學習的，「就像她們學會了祈禱文和行屈膝禮一樣」。

普魯斯特對阿爾貝婷語言習慣的調侃，為我們理解他對路易・甘德拉克斯（Louis Ganderax）的厭惡情緒提供了線索。

甘德拉克斯是二十世紀初一位備受尊崇的文人，同時擔任《巴黎評論》（*Revue de Paris*）的文學編輯。一九〇六年，甘德拉克斯接受了一項重要任務，受邀編撰喬治・

比才（Georges Bizet）[7]的書信集，並為這套書撰寫序言。這是一項莫大的榮譽，也是一項重大的責任。比才雖然在約三十年前就已離世，但作為一位舉世聞名的作曲家，他早已藉由《卡門》（Carmen）和C大調交響曲（Symphony in C Major）等傑作奠定了在音樂史中的地位。面對如此重任，甘德拉克斯無疑承受著巨大的壓力，他必須創作出一篇與這位音樂天才的通信集相匹配的序言。

圖十三　比才

不幸的是，甘德拉克斯在面對這項艱巨任務時，似乎也陷入了類似阿爾貝婷式金翅雀的困境。他試圖通過慣用的華麗辭藻讓自己的文字顯得偉大一些，但他意圖呈現的偉大又遠超越了他自我認知的程度——最終他寫出了一篇極其浮誇、近乎可笑的序言。

一九〇八年秋天，當普魯斯特躺在床上閱讀報紙時，無意中看到了甘德拉克斯序言的一段摘錄。這種矯揉造作的文體風格引起了他的強烈反感，以至於忍不住寫信給好友斯特勞斯夫人（Mme Straus），也就是喬治・比才的遺孀，傾訴心中的不滿情緒。

「為何一位才華橫溢的作家，卻要採用如此浮誇的寫作手法？」普魯斯特深感不解，疑惑道：「提到『一八七一年』時，非得加上『那最可恨的年份』這樣的修飾嗎？為何提起巴黎，就必須冠以『偉大的城市』，德洛內[8]（Delaunay）就一定要被稱為『大師級畫家』？還有，為什麼情感非得是『含蓄』，善良則必須帶著『微笑』，失去摯愛親人就一定是『殘酷』的遭遇，還有那些數不勝數的所謂『名言佳句』，這種修辭方式難道真的有必要嗎？」

圖十四

7 喬治・比才（Georges Bizet，1838-1875），浪漫主義時期的法國作曲家，成名作是歌劇《卡門》。

8 羅貝爾・德洛內（Robert Delaunay，1885-1941），是法國抽象主義畫家，也是立體派代表人物。

這些詞句當然一點也不精妙，相反地，它們是對精美文字的滑稽模仿；過去，古典作家筆下的某些表達方式在當時或許曾經令人驚豔，但是，隨著時間流轉，當這些詞語被那些專注於追求文學宏大感的作者濫用時，它們就淪為了浮誇的裝飾品。

如果甘德拉克斯真正關心表達的真誠性，他就不會採用那種近似通俗劇台詞的誇張語言，例如，只因為他認為一八七一年是個糟糕的年份，就不假思索地將其描述為「那最可憎的年份」。誠然，一八七一年對巴黎人而言確實是一段艱難時期，當時，巴黎遭到普魯士軍隊圍困導致糧食極度匱乏，以至於飢餓的民眾不得不被迫吃掉植物園裡的大象；普魯士軍人在香榭麗舍大道上趾高氣揚地遊行，而於此同時巴黎公社[9]正強制執行專政統治。但是，這樣複雜而沉重的歷史經歷，難道真的能夠僅僅透過一個誇張、雷霆萬鈞的「那最可憎的年份」就足以傳達其中的意義嗎？

然而，甘德拉克斯之所以使用那些華而不實的辭藻，並非出於寫作上的失誤。相反地，他的寫作理念認為，這正是人們應有的表達方式，他主張，優秀寫作的首要任務是遵循先例，效仿歷史上最傑出作家的範例，反之，糟糕的寫作則始於一種傲慢的信念，認為一個人可以不向偉大思想學習，隨心所欲地進行寫作。甘德拉克斯曾在某處自封為「法語捍衛者」，這個稱號倒也名副其實。在他看來，語言是需要受到保護的，必須捍衛它，讓它免於受到那些拒絕遵循傳統表達規則的頹廢派侵襲。基於這種信念，甘德拉克斯對語言使用極為嚴格，只要在出版物中發現錯置的過去分詞或用詞有誤的情況，他就會毫不留情地進行公開批評和指責。

普魯斯特強烈反對甘德拉克斯的這種傳統觀點，他在給斯特勞斯夫人的信中闡述了自己的立場：

每一位作家都肩負著創造自己獨特語言的使命，就如同每位小提琴家都必須創造自己獨一無二的「音色」一樣……我並非主張只要有足夠的原創性，寫作品質就無關緊要。而是說，我更偏愛——儘管這可能只是我的一種偏好——那些文字表現出色的人。然而，他們之所以寫得出色，唯一的原因就是具備原創性，他們成功創造出了自己的語言。毫無疑問，正確而完美的文字表達方式確實存在，但這種成就恰恰必須建

9 巴黎公社（la Commune de Paris），起於一八七一年三月並終於五月，原因為普法戰爭的慘敗和工人階級的不滿，一群巴黎市民組織起來自治。巴黎公社的性質和影響隨著論者的立場有相當大的分歧，左派支持者普遍給予讚揚，保守派則因為過程中的事件和行動風格，認為公社成員不過是一群暴民。

立在原創性的基礎之上，是一種在經歷了所有的嘗試和錯誤之後，方能達到的境地，這絕非依靠使用陳腔濫調的語言就能實現的。在這些陳腔濫調中，諸如「含蓄的情感」、「和藹的微笑」、「最可憎的年份」等表達方式，根本不存在任何「正確」可言。捍衛語言的唯一方法就是攻擊它，是的，斯特勞斯夫人，就是如此！

甘德拉克斯忽視了一個重要事實：歷史上每一位傑出的作家（正是那些甘德拉克斯極力想要捍衛的文學巨擘），為了做到最恰當的表達，都曾打破前輩作家所立下的諸多規範。普魯斯特諷刺地設想，如果甘德拉克斯生活在拉辛的時代，這位自封的「法語捍衛者」是否會因為拉辛的寫作方式與前人有所不同，而指責這位法國古典主義文學的代表人物，批評他缺乏優良的寫作技巧。

普魯斯特引用拉辛在《安多瑪克》（*Andromaque*）中的幾行詩，好奇甘德拉克斯會如何評價：

我愛你變幻莫測；忠誠，我又會如何？……

為何謀殺他？他做了？憑什麼權利？

誰告訴你如此？

詩句雖美，但從文法角度來看，難道沒有違反一些重要的規則嗎？普魯斯特想像甘德拉克斯會這樣斥責拉辛：

「我理解你想表達的意思，你是想說，雖然你反覆無常、毫不忠誠，但我當時就已愛上了你，那麼倘若你變得忠誠了，我的愛又會是如何？但這種表達方式並不恰當，它同樣可以被解讀為對於『寫詩的這個你』的忠誠。作為官方的法語捍衛者，我是絕對無法接受這種模糊不清的表達的。」

普魯斯特在信中強調：「夫人，我向您保證，我並非在取笑您的朋友，」儘管他從信的開頭就一直在巧妙地嘲諷甘德拉克斯。「我深知他學識淵博、才智過人。但這其實是一個關於『教條』的問題。這位在其他方面都抱持懷疑論的人，卻深信文法規則本身必然不會有誤。可惜啊，斯特勞斯夫人，在這個世界上並不存在絕對確定無疑的事物，即便是文法也不例外……唯有那些帶有我們個人選擇印記的事物，諸如品味、不確定性、渴望和弱點，唯有這些東西才可能真正成為美的源泉。」

個人印記不僅能為文字增添美感，更能賦予其真實性和獨特魅力。當你實際上是一位名為路易・甘德拉克斯的《巴黎評論》文學編輯，卻執著於模仿夏多布里昂（Chateau- briand）[10]或維克多・雨果（Victor Hugo）的寫作風格時，這種做法實際上反映了，你對找到路易・甘德拉克斯之所以為路易・甘德拉克斯的獨特之處毫不關心。這種現象就如同一個名叫阿爾貝婷的特定年輕女性，卻刻意模仿典型的巴黎布爾喬亞階級年輕女性的說話方式（「我才沒錢可燒」，「你太超過了！」），這種行為無疑會抹煞個人的特質，將真實自我壓平，只為了塞進一個狹隘的社會框架中。正如普魯斯特所強調的，我們每個人都肩負著創造自己獨特語言的責任，這種責任源於我們內心深處那些無法用陳詞濫調表達的豐富層面。為了更準確地傳達自身思想的獨特音色，我們需要蔑視既有的規範，勇於創新。

在日常生活和人際交往中，賦予語言個人印記的需求尤為明顯和迫切。我們對一個人的了解越深入，就越發現僅僅使用他們的標準名字是遠遠不夠的，我們會不自覺地想要重塑和改造這個名字，使之能夠更貼切地反映我們對這個人特質的新認知。普魯斯特出生證明上的正式全名是瓦朗坦・路易・喬治・尤金・馬塞爾・普魯斯特（Valentin Louis

Georges Eugène Marcel Proust），這個名字冗長而乏味，所以那些與他最親近的人，會自然而然地為他創造出各種暱稱，讓稱呼更符合他們眼中的馬塞爾・普魯斯特。對於深愛他的母親而言，普魯斯特是「我的黃色小寶貝」，或「我的小金絲雀」、「我的小呆瓜」，和「我的小傻瓜」。除了這些，他還被稱為「我可憐的小狼」、「可憐的小狼寶寶」和「小狼」。（有趣的是，普魯斯特夫人稱馬塞爾・普魯斯特的弟弟侯貝爾為「我的另一隻狼」，這種稱呼的差異巧妙地暗示了兩兄弟在母親心中的地位。）在朋友間，普魯斯特也有各種暱稱，對雷納爾多・安（Reynaldo Hahn）來說，普魯斯特是「邦奇特」（Buncht）〔而普魯斯特則稱雷納爾多「邦尼布爾斯」（Bunibuls）〕；對他的朋友安托萬・比貝斯科（Antoine Bibesco）而言，普魯斯特是「勒克拉姆」（Lecram），而當普魯斯特表現得過於親密示好時，則是「馬屁精」（le Flagorneur），或者，當普魯斯特的行為不夠符合傳統男性氣質時，安托萬會喊他「土星人」[11]。至於在家中，普魯斯特希

---

10 夏多布里昂（Chateau- briand，1768-1848），法國知名作家，為浪漫主義文學奠基者。知名作品為《墓外回憶錄》（*Mémoires d'Outre-Tombe*）。

11 在當時，特別是文藝圈，土星人（le Saturnien）被用來指代同性戀者。

望他的女僕稱他為「米蘇」（Missou），而他自己則親暱地喚她「普盧普盧」（Plouplou）。

如果說「米蘇」、「邦奇特」和「黃色小寶貝」這些親暱的稱呼是令人喜愛的象徵，體現了人們如何創造新詞句來捕捉關係的新維度，那麼，將普魯斯特的名字與他人混淆，就顯得有些悲哀了，它反映了人們在面對人類的多樣性時，往往缺乏擴展詞彙的意願和能力。對於那些不太了解普魯斯特的人來說，他們非但沒有賦予他的名字更多個人色彩，相反地，以一種令人沮喪的方式徹底給了他另一個名字：一位當時遠比他有名的作家馬塞爾・普雷沃斯特（Marcel Prévost）[12]。「根本沒人知道我，」普魯斯特在一九一二年曾無奈地表示，「當讀者閱讀了我為《費加洛報》所寫的文章後寫信給我時（這種情況本就罕見），這些信件竟然被轉寄給馬塞爾・普雷沃斯特，在他們眼中，我的名字似乎只不過是一個印刷錯誤。」

當我們用同一個詞彙來描述兩個截然不同的事物時（例如用相同的稱謂，同時指涉《追憶逝水年華》的作者和《半處女》[13]的作者），實際上暴露了人們對世界真實多樣性的忽視，這種態度與那些習慣使用陳詞濫調的人如出一轍。就像一個總是用「傾盆大雨」（**il pleut des cordes**）這個固定短語來描述所有大雨的人，我們可以指責他忽視了雨的真實、多樣的形態；同樣地，那些把每個名字以「普」開頭、以「特」結尾的作家都籠統地稱為「普雷沃斯特」先生的人，也是在忽視文學的真實多樣性。

因此，使用陳詞濫調之所以是有問題的，那是因為世界的本身，那些降雨、月亮、陽光和人類情感，都包含了遠比公式化表達所能捕捉到的，或能教導我們去期待的，更為廣泛的東西。

普魯斯特的小說中就充滿了行為不符合常規的人物。例如，關於家庭生活有一種根深柢固的傳統觀念，認為熱愛家人的老姑媽就會對家人懷有善意的幻想，希望家人平安幸福。然而，普魯斯特筆下的萊奧尼姑媽（Léonie）雖然深愛她的家人，卻不妨礙她想像一些最駭人聽聞的場景，從中獲得某種奇特的樂趣；因為一堆想像出來的疾病，萊奧尼姑媽日常一般活動範圍都被受限在床上，生活無聊到了極點，以至於她渴望發生一些刺激的事，哪怕是一些最可怕的事。在她能想像的最刺激的事件中，有一

12 馬塞爾・普雷沃斯特（Marcel Prévost，1862-1941），法國作家、劇作家。主要撰寫道德教化小說，著有作品如《半處女》。

13 馬塞爾・普雷沃斯特的作品，法文為*Demi-Vierge*，此書英譯為*The Strong Virgins*，意指已與人有性方面的親密關係，但是仍嚴守傳統觀念中所謂最後一道防線者。

場大火將她家的每一塊磚瓦都燒成灰燼，她的親人全部不幸喪生火海，當然，除了她自己之外，她剛好擁有充足的時間從死裡逃生。而在往後的多年裡，她都會深情地悼念逝去的家人，甚至還能下床主持葬禮，萊奧尼姑媽儘管悲痛欲絕卻依然勇敢，雖然奄奄一息但依然挺立，令所有村人既驚訝又佩服。

萊奧尼姑媽無疑寧願經受千般折磨而死，也不願承認自己內心懷有這種看似「不自然」的想法。只是，儘管她不願意承認，卻一點也不影響這些想法的正常性，其實，有這類想法再正常不過，只是鮮少被人談論罷了。

阿爾貝婷也有過一些類似的正常想法。一天早晨，她走進敘事者的房間，突然對他湧起一陣深深的愛意。她情不自禁地讚美他的聰明才智，並發誓寧死也不會離開他。如果直接詢問阿爾貝婷為何突然湧現這股濃烈的愛意，我們可以想像，她很可能會指出她男朋友的智慧和才華，或表示自己深深被他的精神品質所吸引，當然，由於這是社會主流對於愛意產生方式的詮釋，我們也會傾向於相信她的話。

然而，作為作者的普魯斯特卻悄悄地告訴身為讀者的我們，阿爾貝婷對男朋友突然感到如此深愛的真正原因，其實只是因為敘事者今天早上將鬍子刮得格外乾淨，而她恰巧特別喜歡光滑的皮膚。這一細節暗示著，他的聰明才智在她此刻迸發的熱情中其實無關緊要；相反地，如果敘事者此後都拒絕刮鬍子，她可能第二天就會毫不猶豫地離開他。

這樣的想法確實有些跳脫常規，我們喜歡認為愛情源於更深刻、更崇高的原因。面對這種解讀，阿爾貝婷可能會極力否認，堅決不承認她的愛意曾因為一次乾淨的面部鬍鬚清潔而萌發，甚至指責提出這種想法的人是個變態，並試圖迅速轉移話題。然而，這種迴避態度實在令人可惜。我們不該將用以描繪我們自身官能的畫面和情狀視為異常，反而去擁抱那些不準確的陳詞濫調，相反地，我們應該試著對「正常」有著更廣泛的理解。如果阿爾貝婷能接受她的反應是正常的，只是證明了愛情可能來源於極其廣泛的原因，某些原因比其他原因更具影響力，那麼她就可以冷靜地評估她關係的真實基礎，並坦然承認面部鬍鬚清潔在她情感生活中所具備的重要性。

在描述萊奧尼姑媽和阿爾貝婷這些角色時，普魯斯特向我們展示了一幅極其豐富多彩的人類行為圖景，這幅圖景最初似乎與人們對行為的傳統解釋相去甚遠，甚至讓人感到不適，但最終，我們會發現，比起它所挑戰的既定描述，普魯斯特筆下的這幅圖景可能更加貼近真實。

這種對人性深層次的探索和揭示過程，以一種較為間接卻極具啟發性的方式，間接透露了為什麼普魯斯特對印象派畫家的故事如此著迷。

一八七二年，也就是普魯斯特出生後的第二年，克勞德・莫內（Claude Monet）[14]展出了一幅名為《印象・日出》（Impression, Sunrise）的畫作，這幅作品後來成為印象派繪畫的代表作之一。畫中以獨特的視角描繪了黎明時分的勒阿弗爾（Le Havre）港口，透過濃厚的晨霧和一系列不尋常的粗糙筆觸，讓觀者可以辨認出濱海工業區的輪廓，其中包括一排起重機、冒煙的煙囪和建築物。

圖十五　莫內，《印象・日出》

在大多數觀者眼中，這幅畫看起來就是一團令人費解的混沌，這不僅引起了困惑，更惹惱了當時的評論家。他們以輕蔑的口吻稱呼莫內及其所屬的鬆散藝術聯盟為「印象派」，意指莫內在繪畫技巧方面的掌控如此粗淺，以至於他只能做到一種幼稚的塗鴉，與勒阿弗爾港的真實日出景象幾乎毫無相似之處。

然而，短短數年之後，藝術界的評價發生了翻天覆地的變化。批評家們認為，印象派畫家不僅善於運用畫筆，更在捕捉視覺真實的某些層面上，展現出無與倫比的大師風範，遠非同時代其他才華平庸的畫家所能企及。這種戲劇性的重新評價背後，究竟蘊含著怎樣的深層原因？為什麼莫內的畫作中的勒阿弗爾港口，在批評者眼中，能夠從一團混亂的塗鴉，搖身一變成為對這個繁忙大港[15]的卓越描繪？

普魯斯特式的解答始於一個深刻的洞察，也是我們所有人都共有的一種習慣：

---

14 克勞德・莫內（Claude Monet，1840-1926），法國畫家，印象派創始與代表人物，擅長探索光影與空氣在畫布上的成色效果，繪有《印象・日出》、《睡蓮》等一系列名作。

15 勒阿弗爾（Le Havre）港，建於一五一七年，位於法國西北方，被稱為「巴黎外港」，在英法海底隧道建成前，是通往英國及美國的重要港口。

我們慣常賦予所感受到的事物某一種表現形式，然而這種形式究其本身，與真實大相逕庭。但經過一段時間後，我們卻將這個形式視為真實本身。

在這種觀點下，揭示了我們對真實的認知與真實本身之間存在的鴻溝，源自於我們對真實的理解常常被不完整或具有誤導性的描述所塑造。由於我們身邊環繞的，是對這個世界陳詞濫調的描述，因此，面對莫內的《印象・日出》時，我們的本能反應可能是退縮和抱怨，說勒阿弗爾港根本不是畫中所呈現的樣子，就像我們初次閱讀普魯斯特小說時，對小說人物萊奧尼姑媽和阿爾貝婷行為的質疑如出一轍，也認為這種行為根本不會發生，小說描述毫無現實的基礎。就是在這樣的基礎上，莫內脫穎而出，成為藝術革新的英雄，因為他果敢地摒棄了傳統的、在某些方面有限的勒阿弗爾港描繪手法，轉而追求更貼近他自身對這個景象未經修飾的直觀印象。

為了對印象派畫家致敬，普魯斯特在他的小說中巧妙地插入了一位虛構的印象派畫家埃爾斯蒂爾（Elstir），這位人物集雷諾瓦、竇加和馬奈等眾畫家的特質於一身。普魯斯特筆下的敘事者到海濱度假勝地巴爾貝克旅遊時，曾有機會參觀埃爾斯蒂爾的畫室，在那裡，他看到了一些令人耳目一新的畫作，這些作品如同莫內的勒阿弗爾港口畫一樣，大膽挑戰了人們對事物外觀的固有認知。在埃爾斯蒂爾筆下的海景畫中，海天之間的界限被巧妙地模糊，天空呈現出海洋般的流動感，而海洋則散發出天空的廣闊與深邃。在一幅描繪卡克蒂特（Carquethuit）港口的畫作中，埃爾斯蒂爾更是將現實與幻想巧妙融合：一艘本應在海上航行的船隻，卻彷彿穿梭於城鎮的街道之間；原本在岩石間捕蝦的婦女，卻宛如置身在懸掛於船隻和海浪之上的神祕岩洞中；而一群乘船度假的遊客，則看似坐在馬車上，穿過陽光明媚的田野和陰暗的樹蔭。

埃爾斯蒂爾的藝術並非嘗試追求超現實主義的怪誕風格[16]。若他的作品呈現出不尋常的樣貌，那是因為他致力於捕捉我們「真實所見」的景象，而非我們「所認為看到」的景象。我們的理智知道船隻不可能在城鎮街道上航行，但在特定的角度和光線條件下，當船隻與城鎮背景重疊時，確實可能產生這樣的視覺錯覺。同樣地，我們也知道海與天之間存在明確的界限，但有時當我們凝視遠方時，一道湛藍的色帶會模糊

16 超現實主義（Surréalisme），於一九二〇年至一九三〇年盛行於歐洲的文藝界，強調直覺與潛意識的藝術風格。

了這一界限，使我們難以分辨哪部分屬於海洋，哪部分屬於天空。這種視覺上的混淆往往持續到我們的理性思維重新建立起這兩種元素之間的區別為止，而這種認識在我們見到景象的第一眼時是無法被瞬間感知的。埃爾斯蒂爾的藝術成就，正在他能夠保持並呈現這種最初混沌的、未經理性加工的視覺體驗，並在畫布上呈現出尚未被「所認為看到」篩選、重構並覆蓋的原始視覺印象。

值得注意的是，普魯斯特並非暗示印象派即為繪畫藝術的巔峰，也不認為這個繪畫風格能夠完全捕捉「絕對的真實」，而此前從未有任何畫派做到過。普魯斯特對藝術的欣賞和理解遠比這更為深邃和複雜，他透過埃爾斯蒂爾的作品所傳遞的，同時也在小說中清晰地闡釋的，是一種可能存在於每一件成功藝術品中的特質：它們能夠喚醒我們的敏感度，對那些在日常生活中被忽視或扭曲的現實面向更加關注，使我們在視覺上，重新獲得對真實世界的純粹感知能力。正如普魯斯特所表達的：

我們的虛榮、激情、模仿精神、抽象智識和習慣，長久以來一直在作用著，塑造著我們的認知；而藝術的任務，就是要消解這些影響，引導我們回到內心深處，那裡埋藏著真正存在但我們尚未認知到的事物。

這些「尚未認知到的事物」可能包羅萬象，從視覺上的錯覺如航行於城鎮的船隻、瞬間難辨的海天一線，到更為抽象和情感化的體驗，如幻想至親在大火中喪生，或是因光滑肌膚接觸而激發的強烈愛意。

透過這樣的探索，我們會得到哪些新的認識？比起我們以為的平淡無奇，生活中的日常經驗可能是更加豐富多彩、充滿奇異和驚喜；至於金翅雀，偶爾也要學著打破常規，做些與前輩和父母輩不同的事情；而在親密關係中，親暱地稱呼愛人為「普盧普盧」、「米蘇」或「可憐的小狼」，往往更能建立起深刻的情感連結和獨特性。

6

CHAPTER

如何與人為友

普魯斯特的朋友們對他有什麼看法？他有很多朋友，在他辭世後，許多人不約而同地以文字記錄了與他相處的經驗和珍貴時光。這些回憶都非常正面，幾乎無一例外地將普魯斯特塑造成友誼的典範，彷彿他集結了所有理想朋友應具備的美德於一身。

從這些描述中，我們可以窺見：

他的慷慨令人印象深刻

「即便是在和煦的春日，他依然裹著厚重的皮大衣，優雅地坐在拉呂餐廳的桌前，那畫面至今仍歷歷在目。我還記得他那纖細優雅的手勢，總是不厭其煩地勸說你接受他精心挑選的奢華晚餐，他還會認真聆聽領班侍者毫不中肯的建議，並且邀請你暢飲醇香的香檳、品嚐稀有的異國水果，甚至會挑選那些當他進門時就注意到的，攀附在餐廳特意栽種的藤蔓上的新鮮葡萄來享用……他總是真誠地告訴你，接受他的盛情款待，就是證明你們友誼深厚的最佳方式。」——喬治・德・洛里斯（Georges de Lauris）

他出手大方

「無論是在高級餐廳還是偶然造訪的場所，只要有機會，馬塞爾總是會給予超乎尋

常的豐厚小費。即便是在他可能此生再也不會光顧的偏遠小車站的簡陋自助餐廳，他也堅持如此。」——喬治・德・洛里斯

他喜歡額外支付百分之兩百的服務費

「若是一頓晚餐的費用為十法郎，他給予侍者的小費往往會達到驚人的二十法郎。」——費爾南・格雷格（Fernand Gregh）

他的慷慨不是為了炫耀

「普魯斯特慷慨固然令人津津樂道，幾乎達到傳奇的程度，但這絕不應掩蓋他那更為珍貴的，也幾乎達到傳奇程度的善良本質。」——保羅・莫蘭（Paul Morand）

他不會只聊自己

「他堪稱是最理想的聆聽者。即便身處他最親密的朋友圈中，他也始終保持謹慎、謙遜和禮貌，既不會刻意引人注目，也不會強行主導話題。他總是善於從他人的想法中尋找有趣的談話素材。有時，他會談及運動或汽車等話題，表現出十分好奇的樣

子。他真誠地關心你的想法和經歷，而不是一味地想讓你對他產生興趣。」——喬治・德・洛里斯

他充滿好奇

「馬塞爾對他的朋友們展現出令人驚歎的熱情和好奇心。在我的一生中，我從未遇見過如此無私、如此將自我置之度外的人。他總是竭盡全力想逗你開懷大笑，彷彿你的快樂就是他最大的喜悅。每當他看到別人臉上綻放出笑容時，他自己也會不由自主地跟著笑起來。」——喬治・德・洛里斯

他不會忘記什麼是重要的事

「即便到了生命的最後階段，即便他瘋狂地投入寫作，又飽受疾病的折磨，馬塞爾始終沒有忘記他的朋友們。這是因為他並沒有選擇將所有的詩意都傾注在書裡，而是將相當一部分融入了他的日常生活中。」——瓦爾特・貝里（Walter Berry）

他十分謙遜有禮

「他的謙遜程度令人難以置信！他似乎為一切事情都感到抱歉：為出席聚會而道歉，為開口說話而道歉，為保持沉默而道歉，為思考而道歉。甚至當他表達那些令人目眩神迷的迂迴想法時，他也會感到抱歉。最令人驚訝的是，即便是在給予你那些無與倫比的讚美時，他也會為此道歉。」——安娜・德・諾艾（Anna de Noailles）

他的談吐魅力無窮

「無論如何強調都不為過：普魯斯特的談話藝術是如此令人著迷，讓人目眩神迷、回味無窮。」——馬塞爾・普朗特維涅（Marcel Plantevignes）

在他家裡永遠不會感到無聊

「在晚餐時，他會帶著自己的餐盤，像蝴蝶一樣在每位客人之間翩翩起舞。他會在一位客人身邊品嚐湯品，然後移步到另一位客人旁邊享用魚料理，接著又帶著剩下的半條魚轉移到下一位客人身邊，如此這般，直到整頓晚餐結束。你可以想像，當水果上桌時，他已經繞遍了整個餐桌。這種獨特的用餐方式，正是他對每個人善意和友好的體現，因為如果有人對用餐過程表示不滿，他就會感到非常不安。在他看來，這種方式不僅展現了個人禮貌，更是他一貫敏銳洞察力的展現，得以確保每位客人都能保持愉悅的心情。事實證明，這種做法效果非常好，在他家中做客，你永遠不會感到無聊或被忽視。」——加布里埃爾・德・拉・羅什富科（Gabriel de la Rochefoucauld）

然而，當我們審視朋友們對於普魯斯特的讚美時，對照之下會訝異地發現，普魯斯特本人對友誼持有一些極為尖刻的看法。事實上，他對於自己的，不，事實上，是對人世間所有的友誼，都持有異常悲觀的看法，他相信友誼的價值十分有限。儘管他時常享受著和朋友之間你言我語火花四射的談話和晚宴，他仍抱有這樣的觀點：

與一張沙發當朋友也一樣好

「一位藝術家若是放棄一小時的創作時間，轉而與朋友閒聊一小時，他內心深處是清楚的：自己正在犧牲一個實在的、確定無疑的事物，去換取一個可能並不存在的東西。我們的朋友，以朋友的身份而言，不過是一個夥伴，與我們共同經歷人生旅程中那些愉快又傻氣的瑣事。我們彼此都樂於沉浸在這種美好的『友誼』錯覺中，然而，在心底最深處，卻又都隱約意識到，這種友誼的錯覺，比起對著一件家具說話並相信它是有生命的，這兩者之間在本質上沒有誰比誰更合理。」

談話是一種無用的活動

「談話作為友誼的表現形式，本質上不過是一種表面的閒聊，難以為我們帶來真正有價值的內容。我們或許花費了一生的時間在交談，但實際上卻只是在永無止境地重複一分鐘的空洞。」

友誼的本質是淺薄的

「……友誼的本質在於犧牲自我，犧牲掉我們內心最真實、最無法言傳的部分（除非透過藝術的方式），將之讓渡給一個淺薄而虛假的自我。」

最終友誼不過只是

「……一個精心編織的謊言，其目的是讓我們產生一種錯覺，彷彿我們並非無可救藥地孤獨。」

這並不意味著他冷酷無情，也不意味著他是個厭世者，或者缺乏與他人交往的慾望，相反地，他對這種衝動有著敏銳的感受：「這種想要見到人的渴望，會平等地襲擊所有男人和女人；它甚至強烈到能夠驅使一個被隔離在診所裡、遠離家人和朋友的病人，產生跳窗逃脫的衝動。」

然而，普魯斯特的確挑戰了那些為友誼辯護的崇高論調，而其中最引人注目又最普遍的觀點，是這樣主張的：我們的朋友給予我們表達最深層自我的機會，而在對話中，我們置身於一個特殊的場域中，在那裡我們可以暢所欲言、說出真正的想法，進而——不帶任何神祕色彩地說——得以成為真正的自己。

普魯斯特對這種觀點持保留態度。溯其原因，並非是他對自己朋友的素質失望或感到不滿，他的質疑，與他晚宴桌上那些智力平凡又需要被娛樂的朋友無關，比如那位需要他端著吃了一半的魚巡迴桌邊的加布里埃爾・德・拉・羅什富科。普魯斯特的思考超越個人經驗，是以更具普遍性的觀點在理解這個問題，他質疑的根基來自於友誼的概念本身。因此，即使是他有機會與同代最卓越的心靈進行思想交流，這個問題依然存在；哪怕就算有機會與像詹姆斯・喬伊斯[1]（James Joyce）這樣的天才作家交談，情況也不會有絲毫改變。

事實上，普魯斯特與喬伊斯確實曾在巴黎著名的麗茲酒店（Ritz）[2]有過一面之緣。一九二二年，麗茲酒店舉行了一場盛大的慶祝晚宴，為了祝賀史特拉汶斯基（Stravinsky）[3]和戴亞吉列夫（Diaghilev）與俄國芭蕾舞團合作的芭蕾舞劇《狐狸》（Le Renard）首演。這兩位文學巨匠的會面可謂戲劇性十足。喬伊斯不僅姍姍來遲，還未按照規矩穿著正式晚禮服，普魯斯特則全程裹著一件厚重的皮草大衣。喬伊斯後來向友人描述了他們初次見面的情景：

> 我們的交談僅由一個簡單的「否」（Non）[4]字構成。普魯斯特詢問我是否認識某

---

1 詹姆斯・喬伊斯（James Joyce，1882-1941），愛爾蘭作家，被譽為二十世紀最重要的作家之一，代表作包括短篇小說集《都柏林人》、長篇小說《一個青年藝術家的畫像》、《尤利西斯》。

2 麗茲酒店（Hôtel Ritz Paris）成立於一八九八年，是世界上最豪華的飯店之一，招待過王室、政治家、藝術家等名人，例如時尚名人香奈兒，成為奢華上流社會的象徵。

3 史特拉汶斯基（Stravinsky，1882-1971），俄國音樂家，革新過多種音樂流派，知名作品包括《狐狸》、《春之祭》。

4 法文Non相當於英文No，在接下來文中所述問句中，都是可以用「是」（Oui）或「否」（Non）來回答的句子。而兩人的回答都是簡短的「Non」。

某公爵，我回答說：「不認識」。接著，女主人問普魯斯特讀過《尤利西斯》嗎，普魯斯特則回答「沒讀過」。

晚宴結束後，普魯斯特和作東的薇奧萊特與悉尼・希夫（Violet and Sydney Schiff）夫婦一同搭乘普魯斯特的計程車準備離去，喬伊斯卻二話不說，逕自跟著上了車。喬伊斯一上車後，第一個動作首先就是打開窗戶，接著點了一根菸，這兩個舉動在普魯斯特眼中都是災難般、對他具有生命威脅的。在整趟車程中，喬伊斯一直目不轉睛地盯著普魯斯特，而普魯斯特則刻意與希夫夫婦熱絡交談，對喬伊斯的存在視而不見。當車子駛抵普魯斯特位於哈梅林街（Rue Hamelin）的公寓時，普魯斯特悄悄將悉尼・希夫拉到一旁，低聲說道：「請轉告喬伊斯先生，讓我的計程車送他回家吧。」就這樣，喬伊斯搭著普魯斯特的計程車離開了。這兩位傑出的作家再也沒有見過面。

這個故事確實帶有一絲荒誕色彩，其荒謬之處在於它顛覆了我們對這兩位文學巨擘的想像。在我們的認知中，普魯斯特和喬伊斯應該能夠進行一場精彩絕倫、引人入勝的對話。對於大多數人而言，陷入一場以單調的「不」字作結的對話死巷並不罕見，但當這種情況發生在《尤利西斯》和《追憶逝水年華》的作者身上，而且還是在麗茲酒店華麗的水晶吊燈下，這就令人既驚訝又深感遺憾了。

不過，讓我們大膽設想一下，假設那天夜晚進展順利，達到我們所能期待最理想的狀態，會是怎樣的情景呢？

普魯斯特：「（裹在他標誌性的皮草大衣裡，一邊小心地悄悄戳了幾下眼前精緻的美式龍蝦）喬伊斯先生，請問您認識克萊蒙—托納公爵（Duc de Clermont-Tonnerre）嗎？」

喬伊斯：「哎呀，馬塞爾，請您叫我詹姆斯就好。說到這位公爵，我可得好好誇誇他，他是一位何等親近且優秀的朋友啊，從這裡到利默里克（Limerick），我敢說沒有見過比他更好的人了。」

普魯斯特：「真的嗎？我太高興了，看來我和你有一樣的感覺（因為發現兩人有共同熟人而感到開心），雖然我還沒有機會造訪利默里克。」

薇奧萊特．希夫：「（以女主人的靈巧介入對話，傾身轉向普魯斯特問道）馬塞爾，我想您一定熟悉詹姆斯的作品吧？」

普魯斯特：「《尤利西斯》？當然知道，這部劃時代的傑作，有哪個熱愛文學的人會錯過呢？（喬伊斯謙虛地臉頰微微泛紅，儘管他試著掩飾，但喜悅之情仍溢於言表。）」

薇奧萊特・希夫：「那麼，您能回憶起書中的某些段落嗎？」

普魯斯特：親愛的夫人，我不僅記得某些段落，我幾乎記得整本書。例如，當主人公在圖書館的那一幕，各位，我蹩腳的英語發音，但我實在忍不住想引用一段：（開始背誦）「Urbane, to comfort them, the Quaker librarian purred...」[5]

然而，即便那個夜晚真的如此完美地展開，即使他們之後愉快地同乘一輛計程車回家，一路上暢談不絕，直到黎明時分仍在熱烈討論音樂、小說、藝術、國家、愛情以及莎士比亞，即使如此，我們仍然不得不承認，對話與作品之間，交談與寫作之間，仍然存在著一個無法忽視的差異，因為《尤利西斯》和《追憶逝水年華》這樣的偉大作品，永遠不可能從一場精彩的對話中而生，而這兩部小說卻正是這兩位作家所能表達的最深刻、最持久的思想結晶；這一事實凸顯了口頭交流的侷限性，尤其是當我們將其視為表達最深層自我的媒介時。

這樣的侷限性要如何解釋呢？為何能夠創作出如《追憶逝水年華》這般經典之作的普魯斯特，在日常交談中卻顯得笨拙呢？這種看似矛盾的現象，部分原因在於心智的運作方式，我們可以將心智看作是一個斷斷續續運作的器官，它時而專注，時而游離，真正富有創造性的思考往往誕生於那些看似停滯、空白的時刻；在這些時刻，我們似乎並非完全清醒，不完全是「我們自己」，就像我們凝視著天空中飄過的雲朵，神情呆滯、心不在焉時，我們實際上並不完全「在場」。然而，面對面的交談卻很難容許這種思緒的游離、停頓和空白，因為這個他人的存在需要我們保持連續的反應，不斷回應對方的言語，最終，我們常常會對自己脫口而出的平庸之語感到懊惱，同時又為那些未能及時表達的精妙想法而感到惋惜。

相比之下，寫作則為我們提供了一個理想的平台，讓我們得以捕捉、凝練心智中那些零散的、斷續而來的靈光乍現。一本優秀的著作往往是作者多年思考的結晶，記錄下無數個重要的靈感迸發時刻，剔除了漫長日常生活中的無聊繁瑣，只保留了最精華的部分。因此，很自然地，當我們與欽佩已久的作家會面時，相比於他所創作出的傑作，面對作家本人難免會感到些許失望（「的確，有些作家比他們的書更出色，但那

5 《尤利西斯》以艱澀、創新的用字及用典聞名，此處直譯為中文，大意是「禮貌而紳士地，為了安慰他們，那位貴格會圖書管理員輕聲說……」

是因為他們的書並非真正的『書』」），因為，我們忽略了這樣的短暫會面只能揭示一個人當下的、受制於一個特定時空的存在狀態，而非全貌。

更進一步說，對話的即時性幾乎不允許我們對已說出口的原始話語進行修改，而這與我們的思考過程背道而馳，我們常常需要反覆斟酌、多次嘗試，才能準確表達自己的想法。寫作恰恰給予了我們這樣的空間，透過不斷的修改和打磨，我們最初那些粗糙、模糊的思緒經過梳理得以逐漸成形，隨著時間的推移變得更加豐富、深刻。在書寫的過程中，這些想法可以按照其內在的邏輯和美學順序在書頁上呈現，不會像是在對話中一般受到干擾和扭曲，畢竟即使是最有耐心的談話對象，也難以容忍我們在交談中不斷地修正和補充。

普魯斯特的創作過程是個十分獨特且引人入勝的案例，當他開始創作前尚未完全意識或理解自己正在嘗試書寫的作品本質，直到他開工，而後，隨著寫作不斷地開展，作品的樣貌才慢慢越來越清晰。一九一三年，當《追憶逝水年華》首卷問世時，沒人預見這部作品最終會擴展至如此龐大的規模，包括普魯斯特自己。普魯斯特原本設想這會是一部三部曲：《斯萬家那邊》（*Swann's Way*）、《蓋爾芒特家那邊》（*The Guermantes Way*）、《重現的時光》（*Time Regained*），他甚至希望能將後兩部合併為一冊。

然而，第一次世界大戰徹底改變了這個計畫，也意外地改變了作品的樣貌。由於戰爭的原因，使得第二卷的出版時間推遲了長達四年。在這段被迫的沉澱期間，普魯斯特的創作思緒不斷湧現，誕生了許多新的想法，他開始意識到，自己的思想和情感遠比原先預想的更為豐富複雜。於是，原本計劃的三部曲開始不斷擴展，最終演變成一部橫跨七卷的鉅著。從最初預計的五十萬字，最終膨脹到一百二十五萬字。

普魯斯特不僅改變了小說的最終量體，其創作過程更是一場持續不斷的自我對話和修正；每一頁、每一句，甚至每一個詞，都經歷了無數次的推敲和改寫，從原初的構思到最終付印成冊，其內容都在不斷地生長和變形。以第一卷為例，其中一半的內容竟被重寫了四次之多。每當普魯斯特重讀自己的文字，總能發現新的不足之處，此時他會毫不留情地刪減字詞或句子片段，或者發現原先認為完整的段落，突然嚎叫著想要被重新組織，於是他又引入新的意象、隱喻來闡述和深化主題。普魯斯特手稿頁面所呈現出的混亂，可以看到這種不斷自我否定和重建的過程，每一處塗改和增補都是心智試著不斷完善原始表達、持續修正的成果。（圖十六）

不過，對於普魯斯特的出版商而言，這種創作方式無疑是一場噩夢。即使他字跡潦草的手稿已經送去打字，普魯斯特的修改工作仍在繼續。當出版社的校樣將那些潦

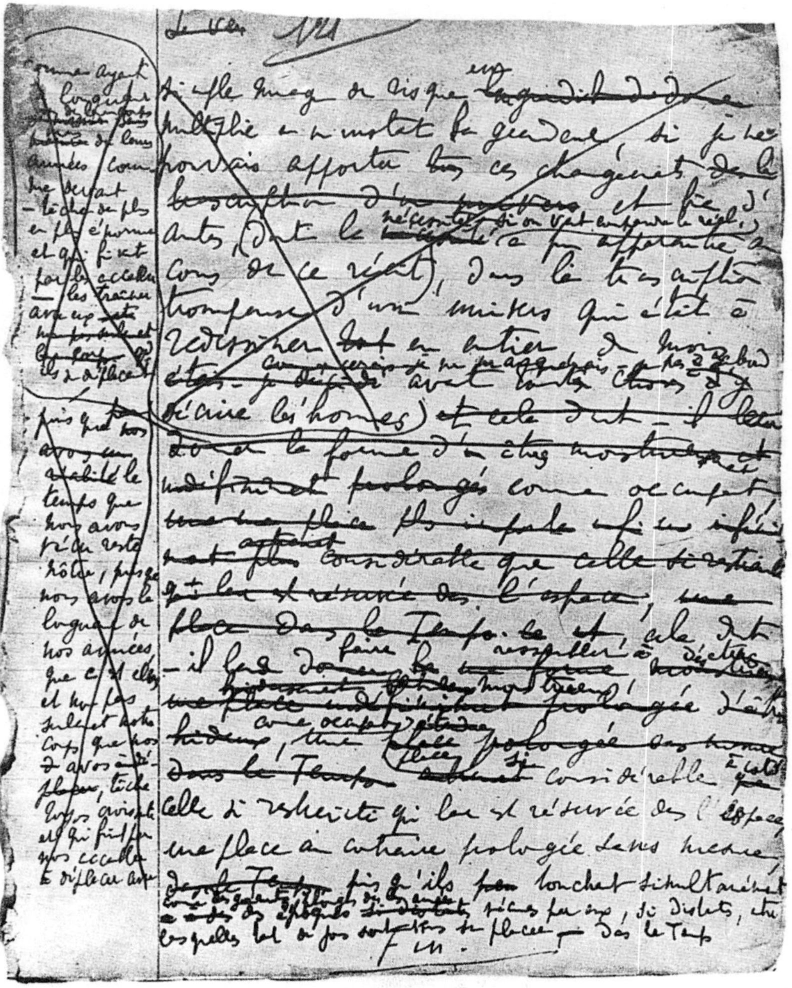

圖十六

草的手寫字轉化為整潔優雅的印刷體後，反而鮮明地讓普魯斯特發現更多錯誤和遺漏，他會再次用難以辨認的字跡在校樣頁面上做修改，將每一處可用的空白占據填滿，有時，甚至連頁面都無法容納他源源不斷的想法，他會在紙張邊緣貼上額外的紙條，讓文字溢出原有的頁面，繼續修改補充。

普魯斯特的創作過程，雖然可能讓出版商頭痛不已，卻無疑造就了一部更好的作品。這種近乎執著的修改和完善，意味著這部小說不只是一個普魯斯特的心血結晶（任何對話者[6]都只能接受這個事實），而是一系列愈發嚴苛、愈加老練的作者共同努力的成果（我們彷彿可以看到至少三個不同階段的普魯斯特在共同創作：原稿創作者普魯斯特1、重新審閱者普魯斯特2、校正修改者普魯斯特3）。然而，當讀者翻閱最終出版的版本時，卻很難察覺這個精雕細琢的努力，也看不出具體的創作過程。呈現在讀者眼前的，是一個連貫、嚴謹、無懈可擊的敘事聲音，我們無從得知哪些句子曾經歷多次重寫，哪個段落曾因作者的哮喘發作而中斷，哪個比喻曾被反覆推敲，哪個觀點

6 這邊是在回應前文對於「與朋友的對話交談」和「個人寫作」深度的討論。

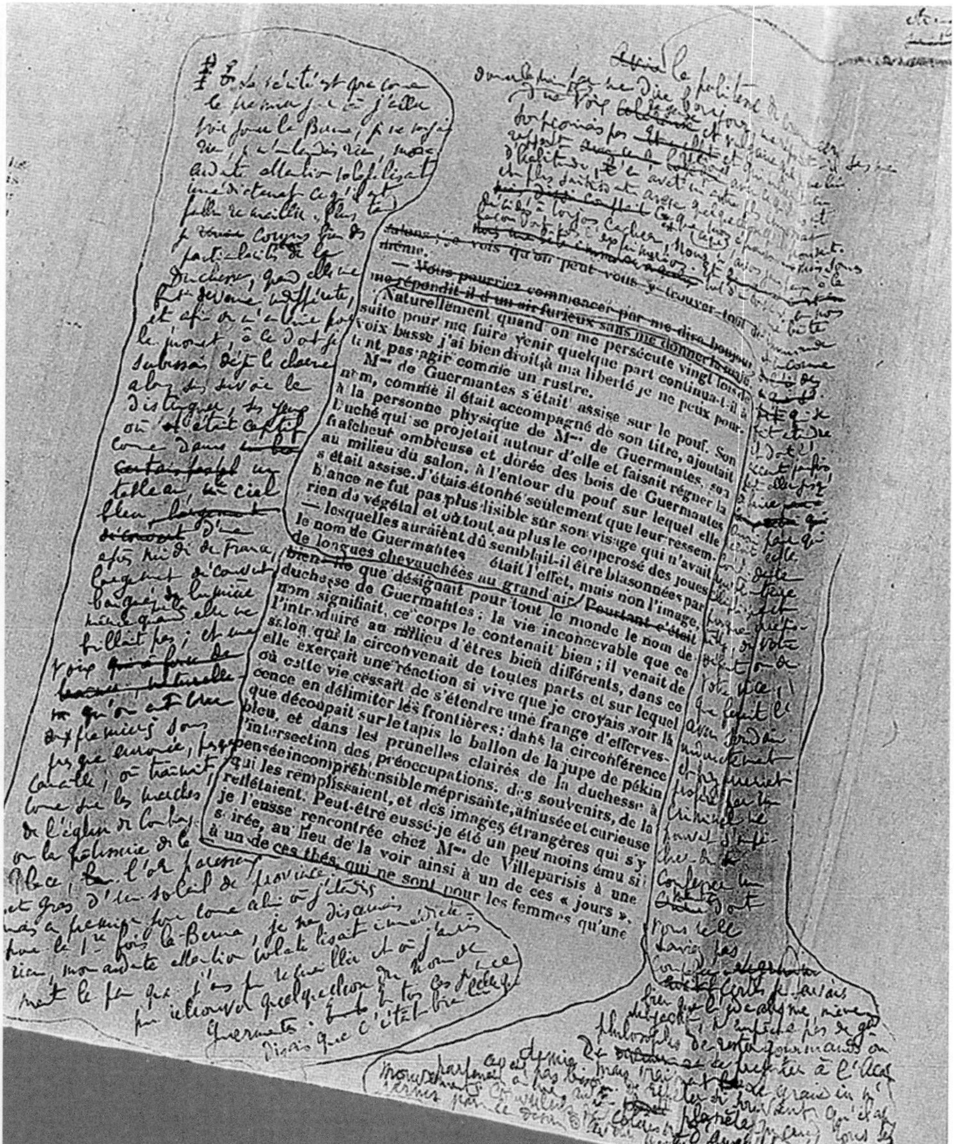

arène.

— Vous pourriez commencer par me dire bonjour
me répondit-il d'un air furieux sans me donner la main.
Naturellement quand on me persécute vingt fois de
suite pour me faire venir quelque part continua-t-il à
voix basse j'ai bien droit, à ma liberté je ne peux pour-
tant pas agir comme un rustre.

Mme de Guermantes s'était assise sur le pouf. Son
nom, comme il était accompagné de son titre, ajoutait
à la personne physique de Mme de Guermantes, son
duché qui se projetait autour d'elle et faisait régner la
fraîcheur ombreuse et dorée des bois de Guermantes
au milieu du salon, à l'entour du pouf sur lequel elle
s'était assise. J'étais étonné seulement que leur ressem-
blance ne fut pas plus lisible sur son visage qui n'avait
rien de végétal et où tout au plus le couperosé des joues
— lesquelles auraient dû semblait-il être blasonnées par
le nom de Guermantes — était l'effet, mais non l'image,
de longues chevauchées au grand air. Pourtant c'était
bien ne que désignait pour tout le monde le nom de
duchesse de Guermantes : la vie inconcevable que ce
nom signifiait, ce corps le contenait bien ; il venait de
l'introduire au milieu d'êtres bien différents, dans ce
salon qui la circonvenait de toutes parts et sur lequel
elle exerçait une réaction si vive que je croyais voir là
où cette vie cessait de s'étendre une frange d'efferves-
cence en délimiter les frontières : dans la circonférence
que découpait sur le tapis le ballon de la jupe de pékin
bleu, et dans les prunelles claires de la duchesse à
l'intersection des préoccupations, des souvenirs, de la
pensée incompréhensible méprisante, amusée et curieuse
qui les remplissaient, et des images étrangères qui s'y
reflétaient. Peut-être eussé-je été un peu moins ému si
je l'eusse rencontrée chez Mme de Villeparisis à une
soirée, au lieu de la voir ainsi à un de ces « jours »
à un de ces thés qui ne sont pour les femmes qu'une

圖十七

經過了多次澄清；更不用說，我們無從想像作者在哪幾行之間小憩片刻，享用早餐，或是抽空寫了一封感謝信。（圖十七）這種「完美」的呈現並非有意隱瞞讀者，而是為了不違背作品的原初構想，並且保持作品的完整性和連貫性。畢竟，作者的日常生活細節，比如哮喘發作或是用餐，雖然可說是整體創作過程的一部分，但在作品的構想和成果中，卻沒有屬於它的位置。正如普魯斯特所言：

「一本書是另一個自我的產物，這個自我有別於在習慣、社交和惡習中展現的那個自我。」

然而，當我們將目光從文學創作轉向人際交往，特別是友誼時，情況就變得更加複雜。儘管因為無法運用豐富精準的語言，友誼作為表達複雜想法的場域有其侷限，不過，仍有一些主張為之辯護，認為友誼提供了一個獨特的場域，讓我們能夠向他人吐露最私密、最真誠的想法，精確地揭露心中所思所想。

這個想法雖然很吸引人，但能否真誠相待似乎高度取決於兩個因素：首先，我們需要審視自己腦中究竟有多少想法，尤其是那些關於朋友的觀點。有時候，這些想法雖然真實，卻可能帶有傷害性；雖然誠實，卻可能顯得不夠友善。

其次，我們必須權衡，如果真的膽敢直接向朋友表達這些赤裸裸的想法，友誼是否能夠經受住這樣的考驗。這種評估部分取決於我們對自身魅力的認知，以及我們認為自己擁有多少足以維繫友誼的特質。例如，當我們直言不諱地指出朋友的未婚妻並不適合他，或是坦率地評論他們的詩作質量欠佳時，我們是否有足夠的自信認為友誼能夠承受這樣的衝擊？

不幸的是，以這兩個標準而言，普魯斯特並不具備享受真誠友誼的特點。首先，普魯斯特的敏銳洞察力，和那過於犀利的目光，使他對於人有太多真實但嚴苛的看法了。一九一八年，他曾遇見一位手相師，據說那位女士只瞥了一眼他的手掌，又看了看他的臉，便直言不諱地說：「先生，您想從我這裡得到什麼？應該是您來替我看相才對。」然而，這種對他人近乎通靈的神奇洞察力，非但沒有給普魯斯特帶來欣喜，反而讓他深陷於對人性的悲觀之中，他感慨道：「看到世間真正善良之人如此稀少，我心中充滿無盡的哀愁。」他覺察到，大多數人都存在某些不可忽視的問題：

即使是世上最完美的人，也有某些讓人感到訝異或氣憤的缺點。例如，有個人智慧超群，總能夠從更高的角度審視事物，也從不參與流言蜚語，卻在自願承諾幫忙寄出重要信件後，將其塞在口袋深處，然後把此事忘得一乾二淨；你因此錯過了重要的約會，他卻只是面帶微笑，毫無歉意，也不作任何解釋，因為他認為將時間視為無物是一種值得驕傲的特質。還有另一些人，他舉止優雅得體、溫文爾雅、體貼入微，從不說出令人不快的話語，但是你能感覺到，在這些人的表象下，他壓抑著、深埋心底的，是截然不同的想法，只是任其緩緩躺在心底發酸。

呂西安・都德觀察到的普魯斯特，具備了：

擁有一種令人難以感到羨慕的極端洞察力，能夠發現藏匿在人心深處的細微惡意，這讓他陷入恐懼之中。他能夠看穿那些最微不足道的謊言、隱而不宣藏於內心的想法、陰暗的祕密、偽裝出來的無私、別有用心的溫言軟語，甚至是為了方便而對真相稍加扭曲的情狀；簡而言之，所有這些放在愛情中讓人感到憂心忡忡、置於友誼內令人心生悲涼、在人際交往上使得一切變得平庸無奇的瑣碎細節，對普魯斯特而言卻成了源源不斷的創作泉源，成為令人感到驚訝、悲傷或諷刺的題材。

令人遺憾的是，普魯斯特在追求真摯友誼的道路上，他的處境實是困難重重。他那敏銳的洞察力，使他能夠輕易察覺朋友的缺點，與此同時，又對自己能否得到他人喜愛感到強烈懷疑；（「哎！總是擔心自己惹人厭，這一直是我的夢魘。」）同時他又格外擔心，一旦向朋友表達負面想法，友誼瞬間就不復存在，再加上先前提到的，普魯斯特常深陷於自我貶低的情結之中。（「如果我能對自己的評價高一些就好了，哎，可惜這是不可能的。」）這些因素相加起來，使他由此滋生了一種近乎荒謬的想法，認為自己必須表現得格外友善，才能夠擁有朋友。儘管普魯斯特對那些將友誼過分美化的言論持有保留態度，但他內心依然十分渴望得到他人的喜愛。（「當我真的感到悲傷時，我唯一的慰藉就是愛人與被愛。」）普魯斯特曾以「會破壞友誼的想法」為題，列舉了一系列困擾著他的焦慮。這份清單對於那些經常陷入情感性偏執的人來說，想必會感到無比熟悉：「他們會怎麼看我們？」「我們是不是不夠細緻妥貼？」「他們喜歡我們嗎？」以及「害怕朋友喜歡上了別人，把我們忘了。」

因此，在任何社交場合中，普魯斯特給自己的首要任務，就是要確保自己受人喜愛、被人記住、給人留下好印象。他的朋友雅克－埃米爾・布朗什（Jacques- É mile Blanche）曾描述道：「他不僅用言語、讚美讓主人和女主人心花怒放，還在花卉和精巧禮物上揮金如土。」這番話生動地展現了普魯斯特為了贏得他人青睞所付出的巨大努力。有趣的是，普魯斯特那足以讓手相師失業的洞察力，在社交場合中卻被他巧妙地運用於選擇恰到好處的語彙、微笑和花束，以此來贏得朋友的好感。這種策略確實取得了顯著的成效。普魯斯特在結交朋友的藝術上可謂爐火純青，他不僅交友廣泛，而且深得人心，許多人都樂於與他為伴，並對他報以真摯的友誼。普魯斯特去世後，他的朋友們紛紛撰寫了一系列充滿溢美之詞的回憶錄，書名盡顯對他的懷念之情，諸如《我的朋友馬塞爾・普魯斯特》（*My Friend Marcel Proust*）〔莫里斯・杜普萊（Maurice Duplay）著〕、《我與馬塞爾・普魯斯特的友誼》〔*My Friendship with Marcel Proust*）（費爾南・格雷格（Fernand Gregh）著〕，以及《致友人的信》（*Letters to a Friend*）〔瑪麗・諾德林格（Marie Nordlinger）著〕。

鑑於普魯斯特在友誼的經營上投入了大量心思與精力，這個成果自然也不令人意外。一般而言，人們常常將友誼視為一個神聖領域（通常這樣的人朋友往往寥寥無幾），他們天真地認為，只要坦誠相見，自己想談論的話題就能自然而然地與他人的興趣相契合。然而，普魯斯特卻不這麼樂觀，他敏銳地意識到，朋友之間的興趣愛好很可能存在巨大差異，因此，他認為自己應該永遠扮演一個積極提問者的角色，專注於探索朋友內心的想法，而非貿然地用自己的思緒去冒犯他人，或使朋友感到乏味。在普魯斯特看來，若不遵循這一原則，就會導致對話變得笨拙而失禮：「那些在交談中不以取悅他人為目的，反而自私地闡述自己感興趣的話題的人，是缺乏分寸的。」他認為，真正高明的交談藝術需要我們暫時放下自我，以取悅同伴為首要目標，他進一步闡釋道：「當我們聊天時，說話的已不再是我們自己……我們此刻正在塑造自己，使自己與他人相似，而非那個與他們有所不同的『自我』。」

這種對話策略的成效，從普魯斯特的朋友喬治・德・勞里斯（Georges de Lauris）的反饋中可見一斑。儘管喬治是一個熱衷於拉力賽車和打網球的運動愛好者，與普魯斯特的興趣大相逕庭，但他仍然感激地表示，他經常和普魯斯特談論運動和汽車。普魯斯特深知，儘管自己對這些話題興趣缺缺，但若執意與一個對雷諾汽車機軸充滿熱情的人談論龐巴杜夫人（Mme de Pompadour）的童年往事，無疑是誤解了友誼的本質。

在普魯斯特看來，友誼的真諦並非在於自私地闡述自己感興趣的事，而是在於給予朋友真摯的溫暖與關愛。這種理念解釋了為何像普魯斯特這樣一個充滿智性的人，卻反而對那些充滿知識分子色彩的友誼興致缺缺。一九二〇年夏天，他收到了悉尼・希夫的一封信（正是這位朋友，在兩年後安排了普魯斯特與喬伊斯那次災難性的會面）。在信中，悉尼告訴普魯斯特，他正和妻子薇奧萊特在英國海邊度假，儘管天氣晴朗宜人，可氣的是，薇奧萊特卻邀請了一群活力四射的年輕人同住，這些年輕人的膚淺言行讓悉尼深感沮喪和失望。他在信中坦言：「我覺得很無聊，因為我不喜歡長時間和年輕人在一起。他們的天真讓我感到痛苦，我害怕會玷污他們的天真，或至少會影響他們。有時候，我覺得人類很有趣，但我不喜歡他們，因為他們不夠聰明。」

普魯斯特躺在巴黎的床榻上，陷入沉思。他無法理解為何有人會對與一群年輕人在海濱度假感到不滿。這些年輕人唯一的缺點不過是未曾讀過笛卡爾：「關於智性工作，我只在自己的內心中進行；當與旁人相伴時，他們的智慧高低對我而言便不那麼重要了，只要他們心地善良、為人真誠，這就足夠了。」

即便在與某些朋友進行深奧的知性對話時，普魯斯特始終將全心投入他人視為首要任務，而非（像某些人那樣）總是試圖悄悄將談話引向自己感興趣的智性主題。他的朋友馬塞爾・普朗特維涅（Marcel Plantevignes），《與馬塞爾・普魯斯特同在》（*With Marcel Proust*）（又一本回憶錄）的作者，曾談到普魯斯特在知識交流中所展現的禮貌：他總是小心翼翼，生怕自己的言辭會讓人感到厭煩、難以理解或過於武斷。他習慣用「也許」、「可能」或「你不這麼認為嗎？」等詞句來修飾自己的觀點。在普朗特維涅看來，這不僅反映了普魯斯特渴望取悅朋友的心理，更體現了他潛在的想法，他似乎總在自問：「也許，我不該說些他們不願聽的話吧？」不過，普朗特維涅並非在抱怨這種行為。相反地，他認為普魯斯特這種謹慎的態度十分可貴，尤其是在普魯斯特心情低落的日子裡：

這些「也許」，在面對普魯斯特悲觀時期的某些驚人言論時，顯得格外令人安心。若沒有這些修飾語，那些言論可能會給人留下過於冷酷的印象，比如他曾說過：「友誼根本不存在。」，還有「愛情是個陷阱，只有在對我們造成傷害時才顯露真面目。」

你不這麼覺得嗎？

然而，儘管普魯斯特舉止迷人，某些朋友仍認為他過分有禮。那些較為尖酸刻薄的朋友們甚至發明了一個帶有嘲諷意味的詞彙，來描述他這種獨特的社交習慣。就如費爾南・格雷格（Fernand Gregh）所說：

「我們這些朋友間創造了一個字眼叫『普魯斯特化』（proustify），用來形容那種略顯刻意的親切態度，再加上俗稱的矯揉造作，簡直沒完沒了、甜得發膩。」

普魯斯特施展「普魯斯特行動」（Proustification）的典型對象之一，是一位名叫勞拉・海曼（Laure Haymann）的中年女士。她是當時聲名顯赫的交際花，曾與奧爾良公爵、希臘國王、埃貢・馮・菲斯滕貝格親王等顯貴人物有過情愛關係。最近，她又與普魯斯特的叔公路易・韋爾陷入戀情。普魯斯特在十幾歲時就認識了勞拉，從那時起，他就開始對她施展「普魯斯特化」的魅力。他經常寄給她充滿讚美之詞的精美信函，同時附上昂貴的巧克力、精緻的小飾品和芬芳的鮮花，這些禮物價值不菲，以至於他的父親不得不多次訓斥他揮霍無度的行為。

「親愛的朋友，親愛的喜悅，」這是普魯斯特寄給勞拉的一封典型短箋的開頭，信中附上了一份來自高級花店的精緻禮物，「這裡有十五朵菊花。我特意囑咐花莖要格外修長，希望它們能如我所願。」普魯斯特深怕花莖不夠長，或者勞拉需要比一束長莖鮮花更持久的愛情信物，於是他開始傾情讚美她。他向勞拉保證，她是集感性與智慧於一身的完美女性，是上天最精雕細琢的傑作，是足以讓所有男人都成為虔誠信徒的神聖美麗女神。信的結尾自然少不了深情款款的問候，更不忘加上一句令人難以招架的實質建議：「我提議將本世紀命名為勞拉・海曼世紀。」就這樣，勞拉成為他的朋友。

這就是勞拉的芳容（圖十八），由著名攝影師保羅・納達爾（Paul Nadar）[7]拍攝，拍攝時間大約就是那些菊花送到她家門口的時候吧：

另一位普魯斯特經常施展「普魯斯特行動」的對象，是詩人兼小說家安娜・德・諾耶（Anna de Noailles）。儘管她只出版過六本並無太大影響力的詩集，但在普魯斯特口中，她卻是堪比波特萊爾般的天才。一九〇五年六月，安娜寄給普魯斯特

圖十八　勞拉・海曼像

一本她的小說《支配》（*La Domination*），普魯斯特對這本書讚不絕口，稱安娜創造了一個全新的宇宙，「一個值得人類仰望的奇妙星球」，在普魯斯特筆下，安娜不僅是宇宙級別的創造者，更擁有媲美神話中人物的絕世容顏。他向安娜保證：「我絲毫不羨慕尤利西斯，因為我的雅典娜比他的更加美麗動人，更才華橫溢，也更學識淵博。」幾年後，普魯斯特為《費加洛報》（*Le Figaro*）撰寫評論，點評安娜的詩集《炫目》（*Les Éblouissements*）時，他的讚美之詞更是達到了新的高度。他宣稱安娜創造出的意象如維克多・雨果般神聖崇高，她的作品是印象主義文學的耀眼明珠和不朽傑作。為了向讀者證明這一點，他甚至引用了安娜的幾行詩句：

> 「那時，從隱形的投石器中掙脫
> 一隻溫柔的鳥兒射向世界之巔」

7 保羅・納達爾（Paul Nadar，1856-1939），法國攝影師，其父的藝術化名即為納達爾Nadar，是知名攝影師、藝術家。

「你可曾見過比這更輝煌、更完美的意象嗎？」普魯斯特滿懷激情地問道，然而，讀到這裡的讀者恐怕會忍不住小聲嘀咕「嗯，有啊，當然有」，並開始懷疑這位被迷得神魂顛倒的評論家是否中了什麼邪。

普魯斯特的虛偽程度是否超乎尋常了？關於普魯斯特的社交行為，我們不應過於輕率地將其貼上「虛偽」的標籤。「虛偽」這個詞暗示了，在善意和友好的表象之下隱藏著一個陰險、算計的動機，光就表面而言，確實，我們很可能會認為普魯斯特對勞拉・海曼和安娜・德・諾耶的真實感受，不可能與他那些誇張的讚美相符，這些描述讓人聽來可能還更接近嘲弄而非崇拜呢。

然而，實際上的差距可能並沒有那麼大。誠然，對於那些他發動「普魯斯特化」行動的對象，他所使用的那些華麗比喻和讚美之詞，或許與他內心的真實評價相去甚遠。但是，這些修辭背後蘊含的核心訊息卻是真誠的：「我喜歡你，我希望你也喜歡我。」那十五朵長莖菊花、奇妙的星球、虔誠的崇拜者、雅典娜、女神和種種輝煌的意象，不過是普魯斯特為了確保能得到他人的喜愛，而覺得必須加諸在自己身上的東西。這種表達方式，真正反映的，是他對自己那種令人沮喪的自我評估。（「我對自己的評價，肯定比安東尼（他的管家）對自己的評價還要低。」）

我們不該因為普魯斯特誇張的社交禮貌，就忽視了所有的友誼都需要一定程度的「美化」。實際上，這種需求無處不在。當朋友驕傲地向我們展示他們的詩集或剛出生的寶寶時，我們不是常常需要說些客氣卻空洞的話？將這種社交禮節稱為偽善，是忽視了我們之所以在一定範圍內說謊，其目的不是為了隱藏惡意，相反地，是要向朋友確認我們的情感；人們對於自己寫的詩或子女，往往懷有異常強烈的感情，如果我們不表現出適當的讚美和驚嘆，反而可能讓他們質疑我們之間的友誼。現實是，人們需要透過彼此的言語，來確認相互之間的愛；即使我們對朋友有一些負面的看法，但仍然喜愛他們，這兩種感受之間表面上似乎存在一定的落差。但我們也同時明白，一個人可能寫不出好詩但很有洞察力，可能有自負傾向但仍具迷人特質，有口臭但很親切。現實是，每個人都有自己的敏感點，而這就意味著，在這個友誼的程式中，表達負面評價往往會危及關係的穩定。我們通常認為，關於自己的流言蜚語必定出於別人極大的惡意，而且比起自己上回說別人閒話時程度高得多（或嚴厲得多），但事實上，我們可能會調侃朋友的某些習慣，卻並不影響對他們的喜愛之情。

普魯斯特曾巧妙地將友誼比作閱讀，因為這兩種活動都涉及與他者的交流。他特別指出，閱讀具有一個獨特的關鍵優勢：

「在閱讀中，友誼突然回歸了最初的純粹。與書籍相處時不需要假裝親和。如果我們選擇在晚上與這些朋友為伴，那純粹是因為我們真心想這麼做。」

在現實生活中，我們常常發現自己被迫參加各種社交活動，比如赴約吃飯。應邀出席並非總是出於真誠的意願，有時是出於擔心一段我們珍視的友誼可能會因拒絕而受損。因為顧慮朋友的感受，那些明知不合理卻又難以避免的敏感，只得強迫自己參與一些可能充滿虛偽的社交場合。相比之下，與書籍相處時，我們可以享受一種難得的坦誠，可以隨心所欲地翻開書頁，在感到無聊時毫不掩飾地露出厭倦的表情，或者，也可以在必要時立即中斷對話交流。普魯斯特相信，即便有機會與喜劇天才莫里哀[8]（Molière）共度一晚，我們可能也不得不偶爾擠出幾個虛假的笑容。這就是為什麼普魯斯特表示，更喜歡與書頁上的劇作家莫里哀交流，而非活生生的劇作家本人。至少，在書本形式中：

「我們只有在真正覺得莫里哀說得有趣時，才會發笑；當他讓我們感到無聊時，我們也不必擔心表現出無聊的樣子。一旦覺得夠了，也可以毫不客氣地把他放回原處，就好像他既不是天才也不是名人一樣。」

面對友誼中似乎無可避免的虛偽，我們該如何應對？在友誼這個大旗下，我們該如何滿足這兩項常常相互衝突的條件：如何在維繫與朋友感情的同時，又能誠實地表達自我？正因為普魯斯特異乎尋常地誠實，又強烈地渴求他人的情感，於是他將這兩個要求都推到了極限，最終形成了他獨特的友誼觀。普魯斯特認為，追求情感和追求真實從根本上就是不相容的，而不僅僅是偶爾有所衝突。因此，普魯斯特對友誼的目的有著一種更為狹隘的定義：友誼是用來與勞拉進行有趣的交流、不是用來告訴莫里哀他很無聊，或是告訴安娜・德・諾耶她不會寫詩。表面上看，這似乎使普魯斯特成為一個不夠理想的朋友。然而，弔詭的是，正是這種徹底的分離，反而使他成為一個更美好、忠誠、更富魅力的朋友，同時也成為一個更誠實、深刻、更不受情感影響的

8 莫里哀（Molière，1622-1673），法國知名喜劇作家，和高乃依與拉辛合稱為法國古典戲劇三傑，著名的作品有《偽君子》、《吝嗇鬼》、《太太學堂》。

思想家。

普魯斯特與費爾南・格雷格（Fernand Gregh）的友誼生動地展示了他獨特的交友哲學，我們可以從中看出採取這種分離方式如何影響他的行為。格雷格是普魯斯特的老同學，也是同行作家。當普魯斯特出版他的第一本書《歡愉與時日》（*Pleasures and Regrets*）時，格雷格正在知名的文學雜誌《巴黎評論》（*La Revue de Paris*）擔任要職。儘管《歡愉與時日》尚存在諸多不足，但期待一位老朋友能為之說幾句好話也似乎並非過分之舉。然而，對格雷格而言，這顯然是一個過分的要求。他甚至沒有在《巴黎評論》中提及普魯斯特的作品，只留了個小版塊寫了篇短評，簡單提及了書中插圖、序言和隨書附贈的鋼琴曲（這些明顯都與普魯斯特無關），甚至還順帶嘲諷普魯斯特利用人脈關係出版作品。

若你有個像格雷格這樣的朋友，他自己隨後也寫了一本書，品質其糟無比，還寄來一本請你評論時，你該如何回應？才過了幾週後，普魯斯特就面臨了這個棘手的難題。當時格雷格寄給他一本自己的詩集《童年之屋》（*The House of Childhood*），與之相比，安娜・德・諾耶的作品確實可謂堪比波特萊爾了。此刻，普魯斯特完全可以藉此機會回擊格雷格先前的冷淡態度，坦白地指出他詩作的缺陷，建議他還是安心專注於本職工作。然而，我們也知道，這並不是普魯斯特的作風。他寫了一封慷慨的祝賀信：「我讀到的部分令我驚嘆，真的不錯，」普魯斯特告訴格雷格，「我知道你對我的書很嚴厲，但那無疑是因為你覺得它寫得不好。出於同樣的原因，我也坦白對你說，我覺得你的作品很好，我由衷為此感到高興，也會如此告訴其他人。」

與我們寄給朋友的信相比，那些寫了卻最終沒有寄出的信，很可能更加有趣。普魯斯特去世後，人們在他的遺物中發現了一封寫給格雷格的信，這封信寫下的時間比他實際寄出的那封信更早。在這封信中，透露了更多真實的信息，但也比較刻薄、讓人難以接受；信中普魯斯特先是感謝格雷格寄來了《童年之屋》，但接下來，他只是讚美了詩作的數量而非質量，還毫不留情地指出格雷格的自負、多疑和靈魂幼稚等缺點。

為什麼普魯斯特最終沒有寄出這封更真實，但也更具攻擊性的信呢？儘管主流觀點通常主張，應該坦誠地表達自己的不滿，直接與對方討論，但現實中這種做法往往適得其反，使得我們不得不謹慎考慮。普魯斯特當然可以選擇邀請格雷格共進晚餐，在優雅的氛圍中，為他獻上最高級的葡萄，再塞給侍者一張五百法郎的小費，然後以最溫和的語氣指出朋友的缺點，說他似乎有點太驕傲了，而且存在一些信任方面的問題，靈魂也有點幼稚。但這麼做的結果呢？格雷格很可能會面紅耳赤、推開那些葡萄，憤怒地衝出餐廳，讓那位得到豐厚小費的侍者大感意外；這種做法除了不必要地疏遠驕傲的格雷格外，還能達到什麼目的？換個角度來說，普魯斯特與這個人做朋友，難道是為了向他分享自己如手相師般的洞察力嗎？

所以，這些令人尷尬或不安的想法，最好還是在別處消化，某個比較私密的空間裡、適合進行分析和思考的地方。因為這些想法通常過於敏感或具有傷害性，以至於無法與引發這些想法的人直接分享。此時，一封永遠不會寄出的信，可能就是一個理想的場所。而一部小說，則提供了另一條絕佳的途徑。

當我們沉浸在《追憶逝水年華》的閱讀中時，可以將其視為一封極端漫長的、永不寄出的信件；這部作品是作者一生中所有「普魯斯特化」行動的解毒劑，是那些雅典娜雕像、奢華的禮物和優雅的長莖菊花的另一面，在這裡，那些平日無法言說的事物，終於找到了表達的出口。普魯斯特曾形容，身為藝術家，創作的使命便是「專門談論不該談論的事」，而小說恰恰給予他一個絕佳的機會，讓他可以盡情地提及所有在日常生活中被視為不宜討論的話題。勞拉・海曼這個人，無疑有她迷人和引人注目的一面，但同時也存在一些平凡甚至乏味的特質，而這些全都被轉化進小說中奧黛特・德・克雷西（Odette de Crécy）這個角色的形象中。同樣地，費爾南・格雷格在現實生活中或許成功地避開了普魯斯特的批評，但透過普魯斯特小說中對阿爾弗雷德．布洛赫（Alfred Bloch）的尖刻描寫，格雷格卻依舊無法逃脫指責，因為他正是這個角色的原型。

出於這個原因，普魯斯特努力在保持創作誠實性和維護友誼之間尋求平衡的嘗試，不幸地遭到了挫折。巴黎社交圈中某些成員固執地堅持，普魯斯特的作品是一部「影射小說」（roman-à-clef），可以從中窺見真實人物和事件的影子。普魯斯特本人則再三強調「這本書中的人物不存在可以解開原型的鑰匙」，即便如此，這些「鑰匙」們還是深感被冒犯。卡米爾．巴雷爾（Camille Barrère）在諾波瓦（Norpois）的形象中看到了自己的影子，羅伯特．德．蒙特斯基歐（Robert de Montesquiou）在夏魯斯男爵（Baron de Charlus）性格特徵中發現了自己的縮影，阿爾布費拉公爵（Duc d'Albufera）在羅伯特．德．聖盧普（Robert de Saint-Loup）與哈雪兒（Rachel）的戀情中辨識出了自己與路易莎．德．莫南德（Louisa de Mornand）的愛情故事，而勞拉（Laure）則在奧黛特．德．克雷西（Odette de Crécy）這個角色中找到了自己。儘管普魯斯特急切地向勞拉保證，奧黛特「完全是你的反面」，但她還是很難完全相信這一點，因為她們倆連地址都很雷同。在普魯斯特那個年代的巴黎電話簿中，清楚地記載著：「海曼夫人

（勞拉），拉佩魯斯街（rue Lapérouse）三號」，而在小說中，奧黛特住處被描述為「拉佩魯斯街（rue La Pérouse）上的小旅館，就在凱旋門後面不遠的地方。」這兩個地址之間唯一的區別只在於街道名稱的拼寫方式略有不同。

雖然存在這一些細微的枝節，但是，將友誼與那些未曾寄出的信件（或小說）劃清界限的基本原則，依然值得我們維護。（當然，這還需要一個重要前提：改變街道名稱，以及妥善藏好那些沒寄出的信件。）

奉行這個原則，或許恰恰是為了守護友誼的本質。正如普魯斯特所言：「那些不太重視友誼的人……反而可能是世上最好的朋友。」原因可能在於，這些不看重友誼的人，對友誼抱持更為務實的態度。這類人避免在交談中過度談論自己，並非因為認為個人話題無關緊要，恰恰相反，是因為他們深知這些話題太過重要，不應輕易被侷限於「對話」這種本質上短暫、隨意且往往流於表面的交流方式中。這種認知促使他們更願意扮演提問者而非回答者的角色，將友誼視為一個汲取知識的機會，而非向他人說教的舞台。更進一步說，由於他們能夠體察他人的敏感之處，因此也能接受在友誼中存在一定程度的善意虛偽。比如，在評價一位年邁前妓女的容貌時，他們會戴上玫瑰色的美化濾鏡；點評一本用心寫作但平庸乏味的詩集時，則會給予慷慨而不失體面的讚美。

這些人不會激進地在友誼中同時追求絕對的真實和完美的情感交流，而是能夠清楚地識別出這兩者之間的矛盾，選擇將這兩個層面分開處理。他們懂得明智地將菊花和小說區分開來、分辨出勞拉・海曼和奧黛特・德・克雷西的差異，理解被寄出的信和那些需要被小心收藏的信，本就分屬於截然不同的地方。

7

CHAPTER

如何打開眼界

普魯斯特曾在一篇文章中，生動描繪了他如何幫助一位內心充滿憂鬱、嫉妒和憤懣情緒的年輕人重拾笑容。這位年輕人的故事發生在一個平凡的午後，他坐在父母公寓的餐桌旁，飯後的氛圍瀰漫著一股難以言喻的沉悶。年輕人失落地環顧四周：桌布上隨意擺放著一把刀子，一塊煎得半生不熟毫無滋味的肉排躺在盤中，桌布被隨意拉起一半，顯得凌亂不堪。房間的另一端，他的母親正專注地編織著什麼，似乎沉浸在自己的世界裡。家中那隻慵懶的貓咪蜷縮在櫥櫃頂端，旁邊擺放著一瓶為特殊場合珍藏的白蘭地。這樣的家居場景，對於一個對美麗、精緻和昂貴事物懷有強烈嚮往，卻又無力負擔的年輕人來說，無疑是一種折磨，與他的品味格格不入；普魯斯特想像這個追求美感的靈魂，是如何厭惡這種典型的布爾喬亞階級的家居風格。特別是，當他將眼前這平凡無奇的景象，與他在博物館和教堂中所見證的輝煌壯麗相比較時，那種巨大的落差更是令他難以接受。年輕人此時感到十分羨慕那些富有的銀行家，有足夠的餘裕安排裝飾室內家居，在他的想像中，他們家中一切皆美，處處洋溢著藝術氣息，每一件物品都經過精心挑選，即便是壁爐裡的煤鉗或門把手，也都是藝術品般的存在。

為了逃避這種令人窒息的家居環境，如果無法立即搭乘下一班開往荷蘭或義大利的火車，這位年輕人很可能會選擇離開家中公寓，前往羅浮宮尋求精神上的慰藉。在那裡，他至少可以大飽眼福，盡情欣賞委羅內塞（Veronese）[1]描繪的華麗宮殿、克勞德（Claude）[2]筆下自然優美的港口風光，以及范戴克畫作中（Van Dyck）[3]那些高貴優雅的王公貴族。

面對這位年輕人的困境，普魯斯特表現出深切的同理心。他提出了一個看似簡單卻可能對他的生活帶來巨大改變的建議：稍微調整一下在博物館的參觀路線。普魯斯特認為，與其匆忙地奔向展示克勞德和委羅內塞作品的展廊，不如轉而前去博物館的另一個展廳，仔細看看尚—巴蒂斯特・夏丹（Jean-Baptiste Chardin）[4]的作品。

---

1 保羅・委羅內塞（Paolo Veronese，1528年—1588），義大利文藝復興時期畫家，畫作精緻華美，擅長宗教和神話題材的巨幅歷史畫，著名的作品包括天頂畫《威尼斯的勝利》。

2 克勞德・洛蘭（Claude Lorrain，約1600年—1682），法國巴洛克時期的風景畫家，職業生涯多在羅馬度過，革新古典風景畫，擅長表現大自然。作品包括《海港》、《羅馬近郊的風景》。

3 安東尼・范戴克爵士（Sir Anthony van Dyck，1599-1641），英格蘭國王查理一世時期的首席宮廷畫家，創作許多聖經和神話題材的作品，以及貴族肖像畫。

4 尚—巴蒂斯特・夏丹（Jean-Baptiste Chardin，1699-1779），十八世紀法國最優秀的靜物畫和家居風俗畫家，畫作常以普通市民生活和物品為主題，主要作品有《鰩魚》、《洗蘿蔔的女人》、《碗櫥》。

這個建議乍聽之下似乎有些不合常理，因為夏丹的畫作並非以描繪壯麗的港口、尊貴的王子或輝煌的宮殿而聞名。相反地，他的創作主題更貼近日常生活：一個普通的水果碗、樸素的水壺、家常咖啡壺、麵包、刀子、簡單的酒杯，甚至是肉塊。夏丹的畫筆更偏愛那些不起眼的廚房用具，不僅有精緻的巧克力罐，還有平凡如鹽罐和篩網這樣的日用品。在人物肖像方面，夏丹筆下的角色多為沒有任何英雄事蹟的平凡人：有人靜靜地閱讀，有人在堆砌紙牌，一位婦女剛從市集採購了幾條新鮮的麵包返家，或是一位母親耐心地指導女兒的針線活。（圖十九）

然而，儘管夏丹選擇的題材看似平凡無奇，他的畫作卻呈現出一種不可思議的魅力，能引發觀者深刻的共鳴。在他的筆觸下，一顆桃子彷彿變成了粉嫩圓潤的小天使；一盤牡蠣或一片金黃的檸檬，則成為象徵貪食和感官享受的鮮活誘惑；而一條被剖開、懸掛在鉤上的鰩魚，竟能喚起觀者對海洋的想像，透過牠遙想其生前悠游棲息的那片深邃又可怖的海洋。此時掛在鉤上的魚，內裡染著鮮紅的血液，藍色的神經和白色的肌肉相互交織，呈現出一幅如同華麗大教堂內殿般繁複多彩的景象。在夏丹的靜物畫中，每一件物品之間都存在著一種微妙的和諧關係。例如，在某一幅作品中，壁毯、針線盒和毛線上不同色調的紅色，彷彿形成了一種無聲的友誼。夏丹的畫作猶如

圖十九

開向世界的窗口，描繪的是我們本應十分熟悉的場景和物品，那些平凡的日常，然而透過他的描繪，這些平凡事物卻呈現出異常美妙且充滿誘惑的一面。

普魯斯特深信，一旦這位憂傷的年輕人與夏丹的作品產生共鳴，他的心境必定會發生巨大的轉變。

當這個年輕人被夏丹筆下對日常生活的華麗描繪所震懾時，那些他曾經認為平庸乏味的生活細節，將會變

圖二十

得異常誘人且富有啟發性。他會開始被這種關於「平凡」的偉大藝術所深深吸引，重新發現那些他曾經視為微不足道的事物中所蘊含的美和意義。我想問問他：「現在，你是不是感到更加快樂了呢？」

為何他心中會洋溢著喜悅？因為夏丹向他揭示了一個令人驚喜的真相：他所生活的環境同樣也充滿魅力，而且這種美好可以輕易地、以極低的成本擁有。美的存在不再只與宮殿和皇室生活聯繫在一起。這個認知使他不再因被排斥在美學領域之外而感到痛苦，也不需要再羨慕那些擁有鍍金煤鉗和鑲鑽門把的聰明銀行家。他會開始領悟到，金屬和陶瓷器皿也有其獨特的魅力，普通的廚房用具同樣可以閃耀出寶石般的光彩。在欣賞過夏丹的畫作後，普魯斯特信心滿滿地斷言，即便是年輕人父母公寓中最簡陋的房間，也蘊藏著足以令他心動的魅力：

「當你走進廚房晃悠，肯定會不由自主地對自身讚嘆，這個真是有趣，那個多麼精妙啊！這些日常的物品，就像夏丹的畫作一樣美。」

普魯斯特開始著手撰寫這篇文章後，滿懷期待地希望《週刊評論》（*Revue Hebdomadaire*）藝術專欄的編輯皮埃爾・曼蓋（Pierre Mainguet）能對這篇文章產生興趣：

> 我剛完成了一篇探討藝術哲學的文章，請原諒我使用這個略帶炫耀性的詞彙。在這篇文章中，我試圖闡明偉大畫家如何引導我們理解並熱愛自身所處的這個外在世界，他們是如何「引領我們張開雙眼」，喚醒我們的視覺，讓我們得以用全新的角度，真實而全然地觀看這個世界。我以夏丹的作品為例，嘗試闡述他的藝術對我們日常生活的影響，以及他如何引導我們領悟靜物的內在本質生命，從而為平淡無奇的生活注入魅力與智慧。您認為《週刊評論》的讀者會對這種研究文章感興趣嗎？

讀者們或許會對此感興趣，但由於編輯先生斷定讀者不會感興趣，因此讀者們也就失去了知道的機會。拒絕這篇文章也許是一個可以理解的疏忽，畢竟那是一八九五年，曼蓋當時並不知道普魯斯特日後會成為普魯斯特。更何況，這篇文章的道德寓意似乎與荒謬相去不遠，僅有一線之隔，彷彿是在主張「世界上一切的東西（甚至包括那顆被遺落在最後的酸澀檸檬）皆是美的」，我們沒有理由去羨慕那些我們力所不能及的奢華事物和物質條件，一間簡陋的茅屋與豪華別墅同樣珍貴，一顆璀璨的祖母綠寶石與一個缺了口的盤子也沒有本質上的區別。

普魯斯特的真正用意並非鼓勵我們對所有事物賦予同等價值。不如說，他是以一種引人深思的方式，引導我們重新審視、賦予事物正確的價值。他試圖糾正我們對美好生活的某些固有觀念，因為這些觀念往往導致我們不公平地忽視某些環境，同時對其他環境抱持一種受到誤導的熱忱。若非皮埃爾・曼蓋拒絕了這篇文章，《週刊評論》的讀者本可以有機會重新評估他們對美的概念，從而與日常生活中的鹽罐、餐具和蘋果等平凡物品，建立起嶄新且更具啟發性的關係。

那麼，為何讀者們與這些日常物品之間原本缺乏這樣深刻的連結？為何他們不懂得欣賞家中的餐具和水果之美？乍看之下，這些疑問似乎顯得多餘。我們往往認為，感受到某些事物的美是自然而然被吸引的結果，就像我們也會自然地對其他事物漠不關心一樣。這種視覺上的吸引力不是出於我們的主動選擇，背後也沒有經過有意識地思考或刻意做出決定。我們只是本能地被宮殿而非廚房所打動，被歐洲瓷器而非中國瓷器[5]吸引，偏愛更珍稀的番石榴，而非處處可見的蘋果。

這種美學判斷的即時性和直觀性，不應該讓我們誤以為它們的起源就是完全自然的、出於天性，或是以為這種審美感受是無法改變的。普魯斯特在寫給曼蓋先生的信中，就巧妙地點出了這一關鍵。普魯斯特說偉大的畫家可以「引領我們張開雙眼」，這個說法就暗示了，我們對美的感受並非是固定、不可變動的。透過畫家的作品和獨特視角，我們的感知能力得以提升，變得更加敏感，從而學會欣賞那些曾經被我們忽視的美學特質。如前文提到的那位對家居環境感到憤懣的年輕人，長期以來對於家中的餐具或水果不屑一顧，某種程度上正是因為，他從未接觸過能夠展示這些物品魅力的圖像，因此也缺乏了解開其中吸引力的鑰匙。

偉大的畫家之所以能夠引領我們睜開雙眼，是因為他們的眼睛對視覺體驗的各個方面都具有非凡的感受力：他們能捕捉到光線在勺子尖端的微妙反射、桌布纖維的柔軟質感、桃子表皮如天鵝絨般的細膩觸感，以及老年人皮膚上那層淡淡的粉紅色澤。我們可以將藝術史戲劇化地描繪成一場跨越時空的一連串天才接力賽，每一位參與者都致力於為我們指出個別值得我們關注的美學元素。他們運用精湛的繪畫技巧向我們傳達：「你看，德爾夫特（Delft）的後街不是別具韻味嗎？」或者「延伸出巴黎市中心外的塞納河，不也是風光旖旎嗎？」而在夏丹的畫作中，他向世人，尤其是那些感到不滿足的年輕人傳達這樣一個訊息：「不要只著眼於羅馬的田園風光、威尼斯的繁華勝景和查理一世馬上的英姿颯爽，也要留意身邊的小物件，比如邊桌上的碗、廚房裡的死魚，還有大廳裡那看似平凡的硬麵包。」

普魯斯特的治療之道，就是引導我們以全新的視角審視生活中的細節，從中發掘當下所帶來的幸福。這種方法揭示了一個深刻的道理：我們的不滿往往源於未能正確看待自己的生活，而非生活本身的缺陷。能夠欣賞一塊硬麵包的美，並不意味著我們就要放棄對宏偉城堡的興趣，但如果連最基本的麵包之美都無法體會，那麼我們整體的審美能力都將被打上一個問號。那位不滿的年輕人在自己房間裡所看到的，與夏丹在相似環境中觀察到的，兩者之間的巨大差距，凸顯了一種特殊觀察方式的重要性。這種落差不會因為單純地獲得或擁有物品而消除，因為真正的區別在於觀看的眼光和

5 原文是by porcelain but not by china，兩者都是瓷器，在當時運輸不發達的社會，一般甚至會認為china指涉更為精緻的瓷器。

心態。

一八九五年那篇關於夏丹的文章中，那位因無法擺脫狹隘視野而感到不滿的年輕人，絕非普魯斯特筆下最後一個因此而不快樂的人物。他與十八年後出現的，另一個同樣感到不滿足的普魯斯特式主角有著重要的共通點。無論是那位與夏丹有關的年輕人，還是《追憶逝水年華》中的敘事者，他們都同樣深陷憂鬱之中，生活在一個他們認為索然無味的世界裡。然而，他們最終都被一種嶄新的世界觀所拯救。這種觀點以真實卻又出乎意料的輝煌色彩點亮了他們的世界，讓他們驚覺此前的自己是多麼目光短淺、閉塞，眼界何其有限，從未真正睜開雙眼去感受周遭的美好。而這兩種華美視野間唯一的區別，僅僅在於一個來自羅浮宮的畫廊，而另一個則源於一家平凡無奇的麵包店。

為了生動描繪這個意義深遠的麵包店場景，普魯斯特細膩地描繪了一個寒冷的冬日午後，他的敘事者正因感冒而臥病在床，內心因為度過了一個沉悶的一天而感到沮喪，而眼見明天又是另一個沉悶的一天在等待著他。就在這時，他的母親踏入房間，溫柔地詢問他是否想喝一杯舒緩心神的菩提花茶。起初，他婉拒了這個好意，但隨後又沒來由地改變了心意。為了搭配這杯茶，他的母親貼心地準備了一塊瑪德蓮蛋糕

（madeleine）。這種點心有著獨特的外形，扁平而寬大，像是在一個精緻的扇貝形模具中烘烤而成。這位情緒低落、飽受風濕之苦而病懨懨的敘事者掰下一小塊蛋糕，將其浸入香濃的茶中，輕啜一口，就在這一刻，奇蹟發生了：

當那溫熱的液體伴隨著瑪德蓮蛋糕的細碎顆粒觸及我的味蕾時，一股強烈的顫慄瞬間傳遍全身。我不由自主地停下所有動作，全神貫注於這個正在我身上發生的非凡瞬間。一種細緻而美妙的愉悅感席捲了我的感官，這種感覺是如此獨特而孤立，彷彿與周遭的一切都毫無關聯，我也完全追索不到它的來源。在這一刻，生命中的種種變幻無常對我而言已不再重要，它所帶來的災難也變得微不足道，就連它的短暫也只是一種虛幻……我不再感到自己是個平凡無奇的人，被世界的偶然與不確定性所操控，並且終有一死。

這究竟是什麼樣神奇的瑪德蓮蛋糕啊？原來，不是別的，這正是萊奧妮（Léonie）姑媽過去常常蘸著茶享用，並在每個星期天備給年幼的敘事者吃的那種蛋糕。萊奧妮姑媽居住在鄉間小鎮貢布雷，那時敘事者和家人經常在假期時前往姑媽家度假。每個星期天的清晨，年幼的他都會走進姑媽的臥室向她問安。然而，如同他生命中的許多其他事物一樣，敘事者的童年記憶在歲月的洗禮下，在他心中已變得模糊不清，而那些仍能回想起的片段，也感受不到特別的魅力或趣味。這並不意味著那段時光實際上真的乏味無趣，更可能只是因為他忘記了所發生的事情，那些美好時刻的細節；而這份缺失，如今正透過這塊瑪德蓮蛋糕重新被喚醒。這種自童年時代後就未曾入口、因此也未被後來的聯想所玷污的小蛋糕，透過敘事者生理上感受到的奇特反應，竟有如此神奇的力量，瞬間將他帶回貢布雷的美好時光，引領他進入一連串豐富而親密的往事回憶中。童年時光突然間變得比他記憶中更加美好多彩，他懷著重新發現的驚喜與感動，回想起萊奧妮姑媽曾經居住的那座古老的灰色房子、貢布雷小鎮及其周邊迷人的自然風光、他曾幫忙跑腿經過的生機勃勃的街道、教區教堂、蜿蜒曲折的鄉間小路、姑媽花園裡盛開的各色花朵，以及在維沃納河（Vivone）上悠然漂浮的睡蓮。在這個過程中，他逐漸認識到這些記憶的珍貴價值，而這些記憶也啟發了普魯斯特本人終將要完成的那部宏篇巨著《追憶逝水年華》。這部小說在某種意義上可以被視為一個完整的、無盡延伸又處處節制的「普魯斯特的時時刻刻」合集，它敏銳細膩，又直接貼合感官體驗，引起讀者無盡共鳴。

瑪德蓮蛋糕喚起的回憶令敘事者振奮不已，是因為它揭示了一個重要真相，它幫助敘事者意識到，平庸的不是他的生活本身，而是他記憶中所保存的影像。發現兩者間的區別對普魯斯特而言意義深遠，對他而言，其效果猶如一劑心靈良藥，正如那位逐漸領悟夏丹畫作之美的年輕人：

為什麼明明生活中有許多美好的時刻，我們卻常常覺得生活既單調又瑣碎乏味？原因就在於，我們習慣以留在腦海中殘缺不全的影像來評判生活，而非依據生活本身的豐富內涵來做出判斷。這些影像未能保留住生命的本質精髓，導致我們不自覺地貶低了生活的價值。

記憶中的影像之所以如此貧乏，是因為我們在當下未能全然投入、細緻感受，以至於日後也難以從中提取任何真實而深刻的體驗。普魯斯特認為，當我們被瑪德蓮蛋糕的香味、一縷久違的氣息，或是一隻塵封已久的舊手套不經意地觸動時，關於往昔的生動畫面更易浮現心頭。這種回憶只可能是觸發性的，難以透過刻意、理性的努力來喚醒：

我們的主動回憶，僅僅是理智和視覺層面的紀錄，只能呈現給我們模糊不清的過往複製品，這種複製品與真實過去的差距，恰如拙劣畫家筆下的春天畫作與真實的春天之間的區別……正因如此，我們常常懷疑生活是否真的美好，因為我們無法召喚回真實的它。然而，若是我們偶然間聞到一絲熟悉卻早已遺忘的氣味，我們便會瞬間陶醉其中。同樣地，我們以為自己已不再思念逝去的親人，因為記憶中的他們已經日漸模糊，但若某天不經意間看到一隻舊手套，我們登時就會情不自禁地淚如雨下。

在普魯斯特生命的最後幾年，他曾收到一份問卷，要求列舉出他最鍾愛的八幅收藏於羅浮宮的法國畫作（他已有十五年未踏入羅浮宮）。幾經猶豫下，普魯斯特還是給出了自己的答案。他的選擇包括：華鐸[6]（Watteau）的《航向愛情島》（L'Embarquement）或是《無所謂的人》（L'Indifférent）；夏丹的三幅畫，分別是一幅自畫像，一幅他妻子的肖像，以及一幅靜物畫；馬奈[7]（Manet）的《奧林匹亞》（Olympia）；一幅雷諾瓦[8]（Renoir）的作品，或者是柯洛[9]（Corot）的《但丁的小船》（La Barque du Dante），也可能是他的《沙特爾大教堂》（La Cathédrale de Chartres）；最後則是米勒[10]（Millet）的《春天》（Le Printemps）。

從普魯斯特的觀點出發，我們可以據此推測，在他心目中，一幅能夠真實描繪春天的傑出畫作應當具備何種特質。這樣的畫作應能喚起我們對春天的真實感受，就如同那些被偶然觸發的、非自主式的記憶，能夠帶我們重返過往的真實體驗一般。然而，究竟是什麼樣的差別，讓優秀畫家的作品能夠在畫布上呈現出如此生動的春天，而平庸的畫家卻難以捕捉到這種精髓？這個問題實際上觸及了自主記憶和非自主記憶

---

6 尚－安托萬・華鐸（Jean-Antoine Watteau，1784-1721），法國洛可可時期代表畫家，畫風抒情，作品多有戲劇題材，著名作品有《航向愛情島》、《哲爾桑古董店》。

7 愛德華・馬奈（Édouard Manet，1832-1883），法國知名畫家，作品乍看屬於古典寫實派，但主題風格顛覆保守傳統、爭議性高，也被稱為印象派之父。名作有《草地上的午餐》、《吹笛子的少年》、《奧林匹亞》。

8 皮耶－奧古斯特・雷諾瓦（Pierre-Auguste Renoir，1841-1919），法國知名畫家，人物畫和對女性的描繪是其特點之一，重視色彩和光線，名作有《煎餅磨坊的舞會》、《彈鋼琴的少女》。

9 尚－巴蒂斯特・柯洛（Jean-Baptiste Corot，1796-1875），法國風景畫家，巴比松畫派，是使風景畫過渡到現實主義風格的代表人物。作品有《沙特爾大教堂》等。

10 尚－弗朗迪克・米勒（Jean-François Millet，1814-1875），巴比松畫派代表人物之一，以寫實手法描繪鄉村風俗畫聞名，作品多有農民勞動生活，名作包括《拾穗者》、《扶鋤者》、《春天》。

之間的本質區別。令人意外的是，這兩種記憶之間的差異可能並不如我們想像的那麼巨大，或者說，其差異出奇地微小。即便是一幅被認為品質不佳的「春天」畫作，和出自優秀畫家的傑出畫作相比，儘管仍有明顯區別，但相似之處卻也不容忽視。即使是平庸的畫家，仍然可能擁有相當不錯的繪畫技巧，能夠準確描繪雲朵的輪廓，栩栩如生地刻畫新芽的嫩綠，甚至寫實地勾勒出樹根的紋理。然而，這些畫作往往仍然缺乏某些難以捉摸的元素，無法完全承載春天那獨特而迷人的魅力。例如，這些畫家可能忽略了，因此也就無法引導觀者注意到，樹上花瓣邊緣那微妙的粉紅色朦朧暈染，或是田野上陽光與陰雲交錯形成的強烈對比，樹皮表面的粗糙質感，以及鄉間小路旁飽經風雨摧折、脆弱易逝的花朵。這些細節看似微不足道，但最終，卻恰恰構成了我們對春天最深刻的感受和由衷的欣喜。

同樣地，自主和非自主記憶之間的差異，雖然可能微小得難以察覺，卻又至關重要。在敘事者品嚐那後來成為文學傳奇的菩提茶和瑪德蓮蛋糕之前，他並非完全喪失了童年的記憶，並不是說他忘記了小時候去法國哪個地方度假，（是貢布雷還是克萊蒙費宏〔Clermont-Ferrand〕？）也不是記不起那條河流的名字，（維沃納還是瓦宏納〔Varone〕？）或者，是和哪位親戚一起生活？（萊奧妮姑媽還是莉莉〔Lily〕？）然而，這些記憶卻顯得蒼白無力、毫無生氣，因為它們缺乏了那種如同優秀畫家筆觸般的生動細節。這些缺失的細節包括：對午後陽光灑落在貢布雷中央廣場時那種溫暖柔和光線的感知，對萊奧妮姑媽臥室中那種獨特而親切氣味的回憶，對維沃納河岸潮濕空氣拂面時的觸感，對花園中悠揚傳來鈴聲的聽覺記憶，以及午餐時新鮮蘆筍散發出的香氣。正是這些細緻入微的感官記憶，使得瑪德蓮蛋糕喚起的不僅僅是單純的回憶，而是一種深層的欣賞和品味的感受。

那麼，為什麼我們難以更廣泛地欣賞周遭的萬事萬物呢？這個問題的答案，不僅僅是簡單的注意力不集中或懶惰，更深層的原因可能在於，我們接觸到的美的影像太少。儘管事實上，這些影像距離我們很近，與我們的日常生活息息相關，完全可以成為引導和啟發我們的源泉。普魯斯特文章中的年輕人之所以感到不滿，是因為他只知道委羅內塞、克勞德和范戴克這樣的畫家，這些大師雖然技藝精湛，卻很少描繪與這位年輕人生活環境相似的平凡場景。而這位年輕人對藝術史的認知中，又恰恰缺少了畫家夏丹這樣的視角，能夠為他指出他迫切需要的，隱藏在廚房中的趣味和美感。這種遺漏似乎具有某種代表性。儘管某些偉大藝術家一直努力讓我們睜開眼睛，重新審視自己所處的世界，但他們卻無法阻止我們被眾多其他無法帶來這種啟發的圖像所包圍；這些圖像本身絕無惡意，甚至常常具有極高的藝術價值，但它們卻可能讓我們產生一種錯覺，彷彿自己的日常生活與真正的美的領域之間，存在著一道難以逾越的鴻溝，這種差距往往令人沮喪不已。

在《追憶逝水年華》中，敘事者還是個小男孩時，心中萌生了想要去海邊度假的強烈渴望。在他的想像中，諾曼第海岸（Normandy）必定美不勝收，尤其是那個他也耳聞過的名叫巴爾貝克的度假勝地。然而，他的想像被一本描繪中世紀哥德時期的書籍誤導了，這本書中盡是些古老而危險的海濱圖景；敘事者於是想像諾曼第海岸線籠罩在濃重的迷霧之中，狂暴的巨浪無情地捶打著海岸，他幻想著孤零零矗立在海邊的教堂，以及粗獷陡峭的懸崖，高聳的塔樓迴盪著海鳥淒厲的哀鳴和震耳欲聾的風聲。至於當地居民，他天真地以為在諾曼第居住著的是古老神話中西梅里安部落人（Cimmerians）的後裔，這個神祕的民族曾被荷馬描繪為生活在一個永遠籠罩在黑暗中的神祕國度裡。（圖二一）

這樣一個充滿神祕色彩和中世紀氛圍的海濱圖景，為敘事者日後的實際旅行埋下了重重的困難。當他滿懷期待地抵達巴爾貝克時，眼前的景象卻與他腦海中的畫面大相逕庭。他發現自己置身於一個典型的二十世紀初現代化的海濱度假勝地。這個地方

圖二一

充滿了熙熙攘攘的餐廳和商店，來往穿梭著汽車和腳踏車騎士，有人在海裡游泳，有人撐著遮陽傘沿著海濱散步。最引人注目的是一家豪華的大飯店，其中設有華麗的大廳、現代化的電梯、訓練有素的服務生，以及一個寬敞明亮的餐廳。餐廳的落地玻璃窗外，是一片風平浪靜的海面，沐浴在燦爛的陽光之中。（圖二二）

然而，對於這位沉浸在中世紀哥德想像中的年輕敘事者來說，這些現代化的景象遠遠稱不上壯觀。他一直期待著能夠親眼目睹的是那些陡峭的懸崖、聆聽海鳥淒厲的哀

圖二二

鳴和呼嘯的風聲。

這種失望深刻地說明了，在我們欣賞周遭環境時，內心預設的圖像有多麼重要。同時，它也凸顯了帶著錯誤的期待和印象離家旅行，將冒著一種多大的風險。雖然懸崖和海鳥哀鳴的畫面可能令人神迷，但當這樣的想像與假期目的地的實際情況相差六百年之久時，就難免會導致諸多問題和不適。

敘事者經歷的情況看似較為極端，他周圍的環境與內心美學概念之間存在著巨大落差，但這種差異，其實某種程度上正反映了現代生活的特徵。由於科技和建築風格變化的速度不斷加快，我們所處的現代化世界，充斥著太多場景和物品，尚未被適當轉化為美的圖像。因此，我們可能會不自覺地懷念另一個已經消逝的世界。事實上，那個逝去的世界本質上並不比現在更美好，它之所以在我們心中顯得更美好，僅僅是因為「引領我們張開雙眼」的藝術家們已經廣泛描繪過那個逝去的世界。這種情況可能導致我們對現代生活的景象普遍感到厭煩，但現代生活無疑有其獨特的吸引力和魅力，問題只在於，我們尚缺乏那些能幫助我們識別和欣賞這些魅力的關鍵影像。

對於敘事者和他的假期而言，值得慶幸的是，畫家埃爾斯蒂爾也同時造訪巴爾貝克。這位藝術家並非依循古舊典籍中的圖像創作，他創作的是屬於自己的影像，將筆觸落在當地的實景之上：身著棉質連衣裙的女性、海面上揚帆的遊艇、熱鬧的港口、海景，以及附近人來人往的賽馬場。畫家埃爾斯蒂爾大方地邀請敘事者參觀他的畫室。當敘事者站在一幅描繪賽馬場的畫作前時，他羞怯地承認自己從未萌生過前去造訪的念頭，這並不令人意外，畢竟他一直以來的興趣都集中在狂風怒號的海洋和淒厲鳴叫的海鳥之上。然而，埃爾斯蒂爾並未因此而輕視他，只是提醒他看畫時不要過於匆忙，鼓勵他重新審視這幅畫作；他引導敘事者將目光落在畫面中的一位騎師身上，這位騎師正在圍場內，身著鮮艷奪目的騎裝，全神貫注又面帶陰鬱，嘗試駕馭一匹躍起的駿馬。接著，埃爾斯蒂爾又將敘事者的注意力轉向賽馬會上那些優雅迷人的女士們。她們乘坐華麗的馬車款款而來，站起身時手持望遠鏡，全神貫注地觀看賽事，周身沐浴在一種特殊的陽光下，幾乎帶有荷蘭畫派特有的色調，畫面中還隱約透露出水的涼意。

敘事者不僅對賽馬場避而遠之，就連海濱也不願多加關注。每當他凝視大海時，總會用手指遮擋視線，以免那些現代船隻的身影闖入眼簾，破壞了他試圖以永恆狀態觀賞海洋的意圖。在他心中，理想的海洋景象至少不應該晚於古希臘初期時的模樣。然而，埃爾斯蒂爾再次將他從這種奇特的習慣中解救出來，引導他欣賞遊艇的獨特美感。畫家細緻地指出遊艇那光滑統一的表面，簡潔而閃亮，其均勻的灰色恰到好處地反射著海面的藍色薄霧，呈現出一種誘人的、如同奶油般柔和的質感。埃爾斯蒂爾還熱情洋溢地談及遊艇上的女性，她們身著吸引人的白色棉質或亞麻衣裙，在燦爛的陽光下，襯著蔚藍的大海，宛如那面迎風張開的大帆，散發出耀眼奪目的白色光芒。

經過這次與埃爾斯蒂爾及其畫作的相遇後，敘事者終於得以將他對海濱美景的認知，從過往固守的古老印象中解放出來，更新到充滿活力和魅力的新世紀，也進而挽救了他的假期。

我現在終於理解，在現代藝術家眼中，帆船賽事和賽馬會是場具有美學趣味的視覺盛宴，那些衣著考究的女士們，沐浴在海濱賽馬場的青碧光輝中，呈現出的景象亦不亞於文藝復興時期大師委羅內塞和卡帕齊奧[11]（Carpaccio）筆下那些令人驚歎的盛典場面。

這個發現再次強調了一個重要的道理：美是需要主動去發掘的，而非被動地等待它與我們相遇。美要求我們以敏銳的眼光去捕捉那些瑣碎的細節，比如棉質連衣裙的純淨白色、海水在遊艇灰白塗裝上的晶瑩反射，或是騎師凝重的神色與其鮮艷外套顏色之間形成的鮮明對比。由此我們也可以看出，如果世界上的埃爾斯蒂爾們選擇不去度假，而我們腦中預先準備的影像又用盡時，我們是多麼容易陷入沮喪和失望的境地。如果我們對藝術的認知止步於卡帕齊奧和委羅內塞這樣的古典大師，當我們親眼目睹一艘擁有二百馬力的現代追日快艇從碼頭加速駛出時，很可能會感到極度的失望

11 維托雷・卡帕齊奧（Vittore Carpaccio，約1465－1525/1526），是一位文藝復興早期，義大利威尼斯畫派的畫家，風格保守，以九幅系列畫作《聖烏蘇拉的傳說》而聞名。

和不適應；誠然，這艘快艇可能確實是一個不那麼符合傳統審美的水上交通工具，但另一方面，我們對快艇的反感，可能僅僅源於對舊時的審美影像有著頑固的堅持，甚至抗拒主動去欣賞新影像的過程。事實上，倘若維羅內塞和卡帕齊奧處在今時今日，很可能會欣然接受這種新的美學，並樂於去探索和表現遊艇的獨特魅力呢。

值得注意的是，相較於現代世界，我們周圍常見的藝術圖像不僅顯得過時，有時還可能不恰當地過於炫耀和華麗。當普魯斯特敦促我們正確看待這個世界時，他反覆提醒我們要關注現代生活中那些看似平凡普通的場景中蘊含的價值。就像夏丹引領我們張開雙眼，看到鹽罐和水壺的美；又如瑪德蓮蛋糕透過喚起普通布爾喬亞階級童年的回憶，讓敘事者感受到一種衝擊心靈的愉悅；而埃爾斯蒂爾所畫的，不是宏偉的宮殿或衣飾華美的貴族，不過是簡簡單單的港口和棉質連衣裙這樣日常的景象。在普魯斯特看來，這種樸實無華正是美的本質特徵：

其實，真正的美往往無法滿足那些過於浪漫和誇張的想像力所產生的期待……自從真正的美開始呈現在大眾眼前以來，曾經引起多少失望和困惑啊！設想，一個女人懷著興奮和期待的心情去欣賞一件偉大的藝術傑作時，是怎樣的情狀啊，這就像她即將讀到一個扣人心弦的連載小說最終章，或者等待算命師揭示她的命運，又像是忐忑不安地等待心上人的到來。然而，當她真的站在這件藝術品前，看到的卻只是一個平凡的場景：一個男人靜靜地坐在窗邊沉思，房間裡的光線甚至顯得有些昏暗。她耐心地等待了一會，以為可能會看出更多令人驚歎的細節，就像大街上那些漸漸顯現出內容的廣告看板螢幕一樣。儘管社交禮儀的約束可能讓她保持沉默，但她內心卻不斷自問：「什麼，這就是林布蘭[12]（Rembrandt）的名作《哲學家》（Philosopher）嗎？」

林布蘭《哲學家》這幅畫作的精妙之處，體現在其低調、含蓄而平靜的呈現方式上。這種表現手法共同構築了一種獨特的美學視角：親密、平等、不趨炎附勢。這種美的概念不需要奢華或貴族化的元素，而是可以用普通布爾喬亞階級的薪水輕鬆實現。

然而，儘管普魯斯特在文字中對這種樸素之美推崇備至，但他本人的生活方式與

12 林布蘭・哈爾門松・范賴恩（Rembrandt Harmenszoon van Rijn，1606-1669），十七世紀荷蘭繪畫黃金時代的主要人物，被譽為荷蘭歷史上最偉大的畫家，他對光影明暗運用的技法有其獨創性，主題多樣，反映了對於人性和心理的洞察。留下許多作品，名作有《夜巡》、《杜爾博士的解剖學課》。

這種美學理念似乎並不相符。普魯斯特對豪華奢靡世界的偏愛，以及他那些可謂炫耀的行為，都與夏丹或林布蘭的《哲學家》所體現的簡樸美學精神截然相反。這也引發了一些對他的批評，主要集中在以下幾個方面：

他的通訊錄中有許多相當長[13]的名字

雖然普魯斯特出身於布爾喬亞階級家庭，但他的交際圈中，卻有著異常高比例的貴族和權貴。他們擁有諸如克萊蒙——托內爾公爵（Duc de Clermont-Tonnerre）、加布里埃爾・德・拉羅什富科伯爵（Comte Gabriel de la Rochefoucauld）、羅伯特・德・蒙特斯基歐——費贊薩克伯爵（Comte Robert de Montesquiou-Fezensac）、埃德蒙・德・波利尼亞克親王（Prince Edmond de Polignac）、菲利伯特・德・薩利尼亞克——費納隆伯爵（Comte Philibert de Salignac-Fénelon）、康斯坦丁・德・布蘭科萬親王（Prince Constantin de Brancovan）和亞歷山大・德・卡拉曼—希梅公主（Princesse Alexandre de Caraman-Chimay）等響亮而冗長的貴族頭銜。

他經常去麗池飯店

儘管他在家中擁有優質的伙食，有一位善於準備營養飲食的女傭為他準備日常餐點，還有一個可以舉辦正式晚宴的餐廳，但普魯斯特仍然鍾情於外出用餐，他尤其偏愛位於凡登廣場的麗池飯店，經常在那裡宴請賓客。在這些場合中，普魯斯特總是慷慨大方，為朋友們點選昂貴而豐盛的餐點，毫不吝嗇地在賬單上加上高達百分之二百的小費，此外，還一定要用高腳杯飲用香檳。

他參加了許多宴會

事實上，普魯斯特參加的宴會之多，以至於安德烈．紀德[14]（André Gide）最初還拒絕了他提交給伽利瑪（Gallimard）出版社的小說稿件。對紀德而言，這在文學上具

13 歐洲貴族的名字中除了頭銜之外，也會包含他們的領地，如作者舉例的名字中，法文名字de...，出現在de後面的字，即代表他們的領地。

14 安德烈‧紀德（André Gide，1869-1951），法國作家，一九四七年諾貝爾文學獎得主。名作有《如果麥子不死》、《地糧》、《窄門》。

備完全合理的理由，因為他認為作者普魯斯特不過是個熱衷於社交名流生活的浮華之人。正如紀德後來給出的解釋：「在我眼中，你一直就是個頻繁出入X、Y、Z夫人府邸的常客，那個為《費加洛報》[15]寫稿的人。我把你看作——我該直說嗎？……一個勢利的人，一個對文學有著業餘愛好的社交名流。」

面對這樣的質疑，普魯斯特早已準備好一個誠實的回答。的確，他說，他坦承自己確實曾被上流社會的炫目生活所吸引，花費大量心思頻繁出入X、Y和Z夫人的府邸，極力結交在那裡遇到的每一位貴族。（在普魯斯特所處的時代，這些貴族的非凡魅力，或許可與現代社會中的電影明星相提並論；我們可別因為自己從未對公爵們感興趣，就輕易地獲得一種自以為是的道德優越感。）

然而，故事並未止步於此，結局才是最重要的；當普魯斯特真正深入接觸到這種魅力時，卻體驗到了深深的失望。他參加了Y夫人的奢華宴會，給Z夫人送上精心挑選的鮮花，向康斯坦丁・德・布蘭科萬親王（Prince Constantin de Brancovan）諂媚奉承，但最終普魯斯特意識到，他被騙了，這一切不過是一場華麗的騙局。那些激發他追逐貴族生活的美好圖景，與現實生活中的貴族世界存在著巨大的落差。這種體驗讓普魯斯特領悟，還是待在家裡更好，與女傭聊天的快樂，並不亞於與卡拉曼—希梅公主（Prince Constantin de Brancovan）對話。這種從憧憬到幻滅、從希望到失望的心路歷程，也成為他筆下敘事者的體驗。敘事者最初被蓋爾芒特公爵和公爵夫人的光環所深深吸引，在他的想像中，這些貴族屬於一個更優越的種族，擁有古老而富有詩意的姓氏，可以追溯到法國最早、最高貴的家族血脈。那是一個連巴黎和沙特爾主座教堂都尚未興建的遙遠年代。他想像著蓋爾芒特家族籠罩在墨洛溫王朝[16]（Merovingian）的神祕氛圍中，將這些貴族與中世紀掛毯上的森林狩獵圖場景聯繫在一起，想像他們是由某種非凡的物質構成，如同教堂彩繪玻璃窗花上的人物。他甚至幻想著有朝一日，能在公爵夫人豐饒的領地裡與她一同釣鱒魚，四周環繞著鮮花、清澈的小溪和噴泉，這將會是多麼美妙啊。

然而，當敘事者終於有機會親身接觸蓋爾芒特家族時，這些美好的幻想很快就被現實無情地粉碎了。蓋爾芒特家族的成員並非由什麼非凡的物質構成，他們與普通人

15 費加洛報（Figaro）於一八二六年首次出刊，政治立場上趨向保守主義，一八五四年左右，為了取悅讀者，也多有報導奇聞軼事、名人祕聞。

16 法國王朝名，統治時間從西元四八六到七五一年，是中世紀法蘭克王國的第一個王朝。

並無二致，甚至在品味和見解上都顯得不夠高雅。公爵本人是個粗魯、殘酷而庸俗的人，而公爵夫人則更熱衷於尖刻和機智的談話，而非真誠深入的交流。那些曾在敘事者想像中如同巴黎聖禮拜堂[17]（Sainte- Chapelle）中的使徒一般高尚的賓客，現實中卻只關心無聊的八卦，聊天內容不過是些日常瑣事。

這些與貴族的接觸經歷，對普魯斯特和他筆下的人物來說，幾乎可說是一種災難性的體驗。這種體驗可能會讓人感到絕望，認為應該放棄尋找所謂的傑出人物；因為當我們真正接近他們這類人時，往往會發現他們也不過是些平凡甚至庸俗的人罷了。看來，我們更應該拋棄那種想要攀附高階層人士的勢利心理，轉而優雅地接受自己的命運。

然而，或許還有一條出路，可以得到一個不盡相同的結論。與其徹底放棄區分人群，也許，只需要以更細緻、更深入的方式來進行區分。高雅貴族的形象並非完全虛構，只是有過度簡化的風險。誠然，世上的確有卓越非凡之士，但若認為僅憑家族姓氏就能輕易辨識他們，恐怕過於天真樂觀了。勢利之徒拒絕接受這個現實，他們堅信階級價值體系是嚴密無縫滴水不漏的，某一階層的成員必然展現與其身分相符的特質。現實是，儘管少數貴族或許能符合我們的期待，但更多的貴族，其表現恐怕難免只如蓋爾芒特公爵一家那般平庸；因為「貴族」這個類別，實在是一張太過粗糙的篩網，無法準確捕捉美德、高雅等不按預期分配的特質。世間或許確實存在這麼一個人，值得敘事者懷抱著如同對蓋爾芒特公爵般的殷切期望，然而，這個人極可能是以電工、廚師或律師等意想不到的面貌和身分出現在我們面前。

普魯斯特最終體認到了這種出乎意料的現實。晚年，曾有一位塞爾特夫人（Mme Sert）寫信給普魯斯特，直白地詢問他是否勢利時，普魯斯特回答道：

> 「在那寥寥無幾的、因習慣而仍舊前來探望我的朋友中，偶爾也會有幾位公爵或王子，但更多時候，陪伴在我身邊的是其他朋友，其中一位是男僕，另一位是司機……要在他們之間做出取捨實在困難。男僕的學識比公爵更為淵博，說的法語更加優雅，但他們在禮節上更為苛刻，少了幾分純真，也更易因敏感而受傷。說實在的，這真的

17 巴黎聖禮拜教堂（法語：La Sainte-Chapelle），是巴黎希提島上第一座哥德式禮拜堂，於一二四三年至一二四八年間修建而成，以華麗的玻璃彩繪窗花聞名。

難以抉擇。不過要說起來，司機倒是更具格調。」

塞爾特夫人或許在轉述時有所誇大，但其中寓意卻十分明確：教育程度或表達能力等特質，並非沿著一條簡單直接的路徑發展的，因此，我們不能僅憑某些表象的類別就對他人妄下定論。正如夏丹啟發了那位憂鬱的年輕人，美並不總是存在於顯而易見的地方；那位能說一口優美法語的男僕也提醒了普魯斯特（或者更可能是提醒了塞爾特夫人），高雅並不總是理所當然地與其表象緊密相連。

簡單化的形象因其清晰明確、缺乏模糊性，仍然具有其獨特的吸引力。在邂逅夏丹的畫作之前，那位憂鬱的年輕人至少可以篤信所有布爾喬亞階級的室內裝潢都遜色於宮殿，從而輕易地將宮殿與幸福畫上等號。在與貴族真正相遇之前，普魯斯特至少可以確信優越階層的存在，並將與他們結識交往等同於獲得圓滿的社交生活。相比之下，欣賞布爾喬亞階級廚房樸素的美感、認識到王子其人實際上乏善可陳，或者發現相較於公爵，司機才是更具品味的那個人，這些認識都比相信簡單化形象困難得多，需要更深入的洞察力和開放的心態。簡單化的形象為我們提供了某種確定性，舉例而言，它向我們保證，只要付出金錢，就能換來享受和快樂：

有這樣一種人，他們起初可能會質疑海景和海浪聲是否真的能帶來愉悅，但當他們同意每天支付一百法郎，租住一間能欣賞到這些景色和聲音的旅館房間時，他們便堅信這些確實是令人愉悅的了，而於此同時，也藉這個方式確信了自己品味的獨特性和優越性。

同樣的邏輯也適用於對人的評判。有些人可能會懷疑某個人是否真的聰明絕頂，可一旦他們發現這個人符合社會主流對聰明人的刻板印象，比如擁有令人艷羨的教育背景、知識儲備和知名大學文憑時，他們就會迅速確認這個人著實智慧超群。

也往往是這類人，會毫不猶豫地將普魯斯特的女傭貼上無知愚昧的標籤，只因為她將拿破崙和波拿巴誤認為是兩個不同的人[18]，甚至在普魯斯特耐心解釋後，仍然持續整整一週不願相信。然而，普魯斯特卻深知她很聰明。（「儘管我始終無法教會她正

18 拿破崙全名為拿破崙・波拿巴（Napoléon Bonaparte，1769-1821），法國著名軍事家、政治家，曾任共和國第一執政並且稱帝，最終在擴張過程中戰敗遭到流放。

確拼寫，她也缺乏耐心去閱讀哪怕半頁我的小說，但她確實擁有非同尋常的天賦。」這種洞察的目的，並不是要提出一個同樣傲慢（甚至更為乖張）的論點，主張教育毫無價值，或者聲稱從坎波佛米奧條約[19]（Campo Formio）到滑鐵盧戰役[20]（Battle of Waterloo）的歐洲歷史重要性，僅僅是某種邪惡學術陰謀的產物；相反地，它意在闡明，僅憑能夠辨識皇帝頭銜、擁有大致正確的拼寫能力這些表面特徵，實在不足以用來判斷智力這種深奧複雜、難以界定的特質。

阿爾貝婷從未接受過正式的藝術史教育。《追憶逝水年華》中，在一個夏日午後，阿爾貝婷與康布雷梅夫人（Mme de Cambremer）、康布雷梅夫人的兒媳、一位律師朋友以及敘事者，眾人一同坐在巴爾貝克一家飯店的露台上閒聊。突然間，一群原本在海面上悠然漂浮的海鷗被驚動，嘈雜地振翅飛起。

「我喜歡海鷗，我曾在阿姆斯特丹見過，」阿爾貝婷不假思索地說。「海鷗身上總是帶著海的氣息，牠們甚至會不辭辛勞地穿越整條鋪滿石子的街道，只為嗅聞那鹹鹹的海風。」

「啊，所以你去過荷蘭！那麼，你一定知道維梅爾[21]（Vermeers）吧？」康布雷梅夫人急不可耐地問道。阿爾貝婷誠實地回答她很遺憾並不認識他們——這是作者普魯斯特以一種不著痕跡的方式提醒讀者，更遺憾的是，阿爾貝婷竟然誤以為這些「維梅爾們」是一群活生生的荷蘭人，而非陳列在荷蘭國家博物館（Rijksmuseum）中的珍貴畫作。

幸運的是，阿爾貝婷在藝術史知識上的無知並未被當場拆穿。儘管我們不難想像，若康布雷梅夫人發現這一點，她會感到何等的震驚和不屑。康布雷梅夫人由於對自身欣賞藝術的能力缺乏足夠的自信，總是擔心自己的反應不夠恰當得體，因此，作為一個典型附庸風雅又自以為是的藝術愛好者，她總是過分重視對藝術認知的外在表現。這種態度與那些無法將他人作為獨立個體來評判的人如出一轍，他們在社交場合中表現得極為勢利，將頭銜或名聲視為衡量一個人卓越與否的唯一標準。至於那些將

---

19 坎波佛米奧條約（Treaty of Campo Formio），一七九七年由法國和奧地利簽訂，標誌著拿破崙的重要勝利。

20 滑鐵盧戰役（Battle of Waterloo），一八一五年由拿破崙率領對抗西歐多國聯軍，最終以戰敗收場，是他的最後一次戰役。

21 約翰尼斯・維梅爾（Johannes Vermeer，1632-1675），十七世紀荷蘭黃金時代畫家，精於用色、光影、構圖，善於表現空間和人物，名作有《戴珍珠耳環的少女》、《倒牛奶的女僕》。

藝術作為標榜的人，與藝術相關的資訊和知識，也被他們狂熱地視為藝術欣賞能力的絕對指標；儘管事實上，阿爾貝婷只需再進行一次更具文化意識的阿姆斯特丹之旅，就能輕易發現她所錯過的作品。弔詭的是，阿爾貝婷極有可能比康布雷梅夫人更懂得欣賞維梅爾的作品，因為在她的天真無知中至少蘊含真摯純粹的潛力，這在康布雷梅夫人對藝術誇張做作的崇拜中是難以尋見的。更具諷刺意味的是，康布雷梅夫人對待這些藝術作品的態度，反倒更像是把知道這些畫作，等同於有幸結識的一群荷蘭市民家庭。

從這些觀察和反思中，我們學到了什麼？首先，我們不應固守成見，認為美只存在於傳統認可的高雅之物中；相反地，我們應該開放心胸，承認即便是餐邊櫃上平凡無奇的麵包，也可能在我們對美的認知中占有一席之地。其次，在欣賞藝術作品時，我們應該關注畫家的眼光，深入體會畫家獨特的視角和洞察力，而不是只看到畫作中表面的春天。還有，應該責怪的是記憶本身，而不是那些被記得的事；當被介紹給像薩利尼亞克—費納隆—德—克萊蒙—托內爾伯爵（Comte de Salignac-Fénelon-de-Clermont-Tonnerre）這樣頭銜繁複的貴族時，應該抑制自己過高的期待，並且，在與那些頭銜不那麼華麗的普通人交往時，應試著避免糾結於拼寫錯誤和另類的法蘭西帝國歷史。

8

CHAPTER

如何在愛情中感到快樂

問 **普魯斯特真的會是愛情問題的諮詢對象嗎？**

答 也許是。儘管沒有確鑿的證據表明他在這方面有特殊的才能，但在一封寫給安德烈・紀德的信中，內容可謂概述了他作為愛情顧問的資格。

說來奇怪，儘管我似乎無法為自己謀得任何利益，甚至無法為自己避免哪怕是最微不足道的痛苦，但我卻被賦予了一種特殊的能力（這或許是我唯一值得一提的天賦）。我常常能夠為他人帶來幸福、減輕他們的痛苦。在過去，我曾成功地化解宿敵之間的矛盾，促成戀人破鏡重圓，甚至還能夠治癒一些病患，儘管與此同時，我自己的病情卻每況愈下。我有能力激勵懶散之人奮發工作，但諷刺的是，我自己卻依舊終日臥床不起……這些特質（我之所以如此不加修飾地直言，是因為在其他方面，我對自己的評價相當低），加上我在交際中的一些技巧，以及不過分看重個人得失、能夠全心全意為朋友謀福利的性格，使我有幸能夠為他人的幸福出力。這種種品質很難在同一個人身上同時具備……每當我在寫小說時，我常常會想，如果斯萬真的認識我，並且懂得如何利用我的這些才能，我應該知道如何讓奧黛特重新回到他的身邊。

問 **斯萬和奧黛特？**

答 我們不應輕易將小說中個別角色的不幸遭遇，等同於作者對整個人類幸福前景的悲觀預測。畢竟，那些被困在小說情節中的不幸角色，恰恰是唯一無法從閱讀中獲得治癒力量或心靈啟發的人。

問 **普魯斯特認為愛能持久嗎？**

答 嗯，不，他不這麼認為，不過，難以碰觸永恆的並非只有愛情。要與身邊的任何人、事、物維持一種持久而令人羨慕的關係，都是一項極具挑戰性的任務，一般來說都相當困難。

問 什麼樣的困難？

答 我們可以借助一個看似與情感無關的例子來說明，例如電話的發明。貝爾[1]於一八七六年發明了電話這種機器。到了一九〇〇年，僅僅二十四年後，法國已經擁有三萬支電話。普魯斯特本人很快就擁有了一部私人電話（號碼為29205），他對這項新技術表現出濃厚的興趣，尤其鍾愛一種名為「劇院電話」的創新服務。這項服務允許用戶透過電話收聽巴黎歌劇院和戲劇院的現場演出。

普魯斯特對電話的熱愛持續了相當長的一段時間，但他敏銳地觀察到，其他人很快就開始對這項曾經令人驚嘆的發明習以為常。早在一九〇七年，他就對這種現象有所評論：

電話曾經被視為一種超自然的儀器，我們都曾對它所帶來的奇蹟驚嘆不已。然而如今，我們已經開始不假思索地使用它：隨手拿起話筒，直接召喚裁縫師，或是訂購一份冰淇淋。

不過，只要糖果店的電話線路忙碌，或是與裁縫師的通話連線有雜音，我們不但不再讚嘆這項科技，更有甚之，由於自己精緻的慾望受到挫折，這項奇蹟的設備無法立即滿足我們的需求，便傾向以一種孩子氣的忘恩負義態度來回應：

我們就像是在玩弄神聖力量卻不再對其神祕感到敬畏的孩子。我們不再讚嘆電話的奇妙，而只會覺得它「方便」，或者更準確地說，作為被寵壞的孩子，我們開始抱怨它「不夠方便」。然後，毫不猶豫地在《費加洛報》上頭發表對電話的種種不滿。

從貝爾發明電話到普魯斯特對法國人態度變化的這番尖銳觀察，中間僅僅過了三十一年。在這短短的三十多年間，一項曾被視為技術奇蹟的發明，不僅不再吸引驚嘆的目光，反而淪為我們日常生活中隨意抱怨的普通家用物品——即使巧克力

1 亞歷山大·格拉漢姆·貝爾（Alexander Graham Bell，1847-1922），是發明家及企業家。他獲得了世界上第一台可用電話機的專利權（發明者有爭議）。

冰淇淋只是稍微晚到了一點點。

這個例子鮮明地揭示了一個深刻的人性特點：人類這個物種，就像其他相對平凡的事物一樣，若想獲得永恆的，或者至少是終身的讚賞和青睞，可說是相當困難。

問

一般人們能期待自己享受多長時間的讚賞呢？

答

徹底地被讚賞嗎？那種發自內心、毫無保留的欣賞？通常只有不到短短十五分鐘而已。普魯斯特筆下的敘事者還是小男孩時，十分渴望與美麗活潑的吉爾貝特成為朋友。某天，他去香榭麗舍大道玩耍時偶遇了她。終於，他的心願實現了，吉爾貝特成為他的朋友，經常邀請他到家中共進下午茶。吉爾貝特為他切蛋糕，體貼入微地照顧著他的需求，表現得無比親切友好。

起初，敘事者很開心，沉浸在幸福之中，但很快地，這種喜悅就像是褪了色，他感覺沒有那麼開心了。長久以來，被吉爾貝特招待下午茶這件事，一直是個朦朧而遙遠的夢想，但當他真正坐在她的客廳裡度過十五分鐘後，反而是那段還未認識她的時光——那段她尚未為他切蛋糕、尚未對他展現溫情的時光——開始變得朦朧而夢幻。

這種感受的轉變導致他對當前所享受的恩惠視而不見，很快就忘記有什麼值得感恩的事物。沒有吉爾貝特存在的生活記憶逐漸消退，而隨之一同消退的，就是意識到當下所享受的事物有多麼美好、多麼令人珍視。吉爾貝特臉上的笑靨，她精緻豐盛的茶點，以及她溫暖親切的舉止，最終都成了敘事者生活中習以為常的一部分，以至於他幾乎喪失關注它們的動力，就像我們很自然地會忽視那些無處不在的樹木、飄浮的雲朵，或是隨處可見的電話。

這種忽視的根源在於，按照普魯斯特的概念，敘事者和我們所有人一樣，都是習慣的造物。因此，總是容易對熟悉的事物感到麻木，甚至產生輕視。

我們真正能夠深入了解的，只有那些新鮮的事物，那些突然為我們的感知帶來變化、引起我們注意的事物，而且，效期只在這個習慣還沒有用蒼白平淡的仿製品取而代之以前。

問 為什麼習慣會產生如此令人麻木的效果？

答 普魯斯特透過他對《聖經》中諾亞方舟故事的一個簡短評論，做出對這個問題最富啟發性的回應。

當我還是個小孩子的時候，我認為在《聖經》中沒有哪個人物的命運比諾亞更悲慘了，因為洪水使他被困在方舟裡整整四十天。後來，我經常生病，也不得不在一個「方舟」中度過無盡漫長的日子。那時我才真正明白，正是因為方舟緊閉，外界一片黑暗，諾亞才能夠有這個難得的機會真正去觀察和理解這個世界。

乍聽之下，這個說法似乎有些令人費解，當諾亞被困在密閉的方舟內，與一整個動物園裡的各式飛禽走獸為伴時，他怎麼可能看到地球的任何景象呢？我們通常認為，要看到一個物體需要與之有直接的視覺接觸，比如說，要看到一座山，就意味著要親身攀登阿爾卑斯山，並睜開雙眼欣賞山上的美景。但是，這些僅僅是「看」的第一步，甚至在某種意義上，是較為膚淺的部分；因為若要真正地、準確地欣賞一個物體，我們還需要用心靈之眼重新塑造它。

當我們親眼目睹一座山峰後，閉上雙眼在腦海中回想剛才所見的景致時，最先捕捉到的，往往是那些最重要的特徵。接受到的視覺訊息經過大腦詮釋、篩選與整理後，山的特殊細節才清晰地被識別出來：巍峨的花崗岩峰頂，冰川在山體上留下的深邃凹痕，以及在林木線上方飄渺縈繞的薄霧。這些細節雖然在我們實際觀看時已經映入眼簾，但當時可能只是過目一瞥，並未真正在心中留下深刻印象。

在上帝降下滔天洪水時，諾亞已經六百歲高齡，他在世上的時間那麼久，理應有充裕的時間觀察周遭環境，然而，正是因為這些景物始終存在，在他的視野中如此恆常不變，反而使他缺乏動力在內心重新創造它們的形象。當現實中處處可見豐茂的灌木叢時，又有什麼理由要在心靈之眼中仔細審視一叢平凡無奇的灌木呢？

當諾亞在方舟上被困兩週之後，情況就發生巨大的轉變了。當他被困在方舟內，懷念起昔日的環境卻又無法親眼目睹時，自然而然地，就會開始專注於回憶中的灌木、樹叢和山林。因此，在他漫長的六百年生命歷程中，這就成為他第一次真正開始「看見」這些景物的契機。

這個觀點說明了一個道理，正在眼前的實物，反而恰恰不是引發我們真正對它們賦予關注的理想情況。事實上，某物的存在本身，可能正是鼓勵我們無視或忽略它的重要因素。根本原因在於，我們有一種傾向，以為透過直接的視覺接觸，就已經完成了所有觀看和理解的工作。

問　那麼，我們是否應該花更多時間「關在方舟裡」呢？

答　這確實能夠幫助我們更專注，尤其是對戀人而言。失去確實能迅速驅使我們進入一種深刻的欣賞狀態，這並不是說我們必須真的失去才能懂得欣賞事物，而是應該從失落經驗中會有的自然反應裡汲取教訓，並將這種珍惜的態度應用到我們尚未失去的事物上。

如果長期與戀人朝夕相處，久而久之難免會產生一種無趣感，擁有一種對某人已經太過了解的感覺。然而，諷刺的是，會產生這樣的感覺，問題的癥結可能恰恰在於我們對他們還不夠了解。雖然關係初期的新鮮感，會讓我們坦然接受自己對對方的無知，但隨著切切實實日復一日地與戀人的實體共同生活後，日常的例行公事可能會誤導我們，讓我們誤以為已經對戀人達到了真正的熟悉，甚至進而感到乏味；然而，這可能不過是因為對方的實體一直存在於眼前，而引發的一種虛假的熟悉感。就像諾亞在同一個環境下生活了六百年後，對這個世界所產生的那種麻木感受，得一直等到洪水降臨，方舟的經驗才終於教會他另一種觀看世界的方法。

問

普魯斯特對約會有什麼想法和建議嗎？第一次約會應該聊些什麼？穿黑色衣服好嗎？

答

關於約會本身，普魯斯特沒有提出什麼建議。然而，他倒是提出了一個更根本的問題：是否應該接受晚餐邀約？

比起「噢，不行，今晚我沒空。」這樣的回應方式，相較之下，一個人自身的魅力，通常更不足以成為點燃愛情的原因。

如果這種婉拒的回應方式確實有其魔力，就證明一如普魯斯特在諾亞的案例中所指出的，欣賞與缺席之間有著某種微妙的聯繫，拒絕的確能增強吸引力。一個人可能魅力十足、擁有諸多優點，但最終，他仍然需要一些特別的誘因，來確保追求者會全心全意地關注這些優點。這種誘因的最完美表現形式，莫過於拒絕追求者的晚餐邀約，透過這種方式，製造一個約會版本的「海上方舟四十天」。

在小說中，普魯斯特以同樣的思維方式，以鑑賞衣服為例，再次展示這種關於延遲滿足的好處。阿爾貝婷和蓋爾芒特公爵夫人都十分熱衷於時尚，但她倆的處境卻截然不同。阿爾貝婷囊中羞澀，而公爵夫人則坐擁半個法國的財富。因此，公爵夫人的衣櫃永遠是滿的，只要她看中心儀的服飾，就立即召喚裁縫，滿足她對任何新衣的慾望；她得到滿足的速度有多快，只取決於裁縫的縫製速度有多快。與之相反，阿爾貝婷幾乎買不起任何衣物，每次購物之前都必須經過長時間的深思熟慮。她會花費數小時研究衣服的款式和細節，在腦海中反覆想像擁有某件特定外套、帽子或晨衣的感受。

結果是，儘管阿爾貝婷擁有的衣服遠少於公爵夫人，但她對衣服的理解、欣賞和熱愛卻遠遠超過公爵夫人。

就像在追求某樣東西的過程中遇到的每一個障礙……反而可能成為某種饋贈，貧窮比富有更慷慨，贈予負擔不起購衣的女性更多其他的東西：對於這些衣服的渴望本身，以及因著這種渴望創造出的，對衣服真正的、細緻入微的、透澈的理解和認知。

普魯斯特將阿爾貝婷比作一個懷抱熱切期待的學生，培養了想要一睹某幅名畫真跡的強烈欲望後，終於得以踏入德勒斯登（Dresden）美術館；相形之下，公爵夫人就像是一個富有但缺乏激情的遊客，在沒有任何預先的渴望或知識的狀態下出遊，真的到達目的地時，只感到困惑、無聊和疲憊不堪。

這個比喻生動地說明了，單純的物質占有只是真正欣賞的一個微小組成部分。富人有幸能夠在萌生去德勒斯登的念頭後立即成行，或在瞥見目錄中的一件華服後就迅速將其納入囊中，他們固然享受了財富帶來的便利，但同時，也因為能夠如此迅速地滿足欲望而遭受某種無形的詛咒。他們剛想到德勒斯登，就可以毫不猶豫地坐上去那裡的火車，剛看到一件喜歡的衣服，就可以迅速將它掛進衣櫃，因此，他們就沒有機會經歷那些不能享有特權的人所必須忍受的，在欲望與滿足之間漫長的等待與期盼；而這個落差，儘管表面上令人煎熬不快，卻蘊含著無法估量的珍貴價值，它能讓人深入了解並真正愛上德勒斯登美術館的畫作、精緻的帽子、優雅的晨衣，以及，那個今晚沒空赴約的某個人。

問 **普魯斯特是否反對婚前性行為？**

答 不，他只是反對愛情之前的性行為。理由不是出於任何僵化的道德教條，而是基於更為微妙的心理洞察。他認為，如果想要讓對方真正愛上自己，發生性關係實在不是個好辦法：

那些表現出或多或少抗拒的女性，那種你不能立即擁有，甚至一開始還不知道是否能夠擁有的女性，才會令人真正感到著迷。

問 **真的是如此嗎？**

答 其他類型的女性當然也有她們的吸引力，問題只在於，她們冒險地過快放棄矜持，讓自己在追求者眼中少了延遲滿足的時間差，因此就顯得不那麼迷人了；想想蓋爾芒特公爵夫人的例子給我們的啟示：美好的事物若太容易得到，就顯得無足輕重了。

普魯斯特進一步闡釋他的觀點。以妓女為例，她們是一群幾乎每晚都可以找到的人；普魯斯特年輕時，曾經非常沉溺於自慰，由於在十九世紀，自慰被認為是一種極其危險的消遣，以至於他的父親敦促他去妓院，試圖轉移他的注意力。在給祖父的一封坦率的信中，十六歲的普魯斯特描述了那次去妓院的尷尬經歷：

「我太需要女人來戒除我沉迷自慰的壞習慣，所以爸爸給了我十法郎，要我去妓院。但是，一開始我就因為太過興奮，不小心打破了夜壺，花了三法郎，然後，又因為這樣高度興奮的狀態，我無法順利進行性行為。所以，現在的我又回到了原點，不得不繼續等待另外十法郎來釋放自己，噢，還得再多要三法郎，以免我又打破夜壺。」

這次妓院之行對普魯斯特而言是場災難，但它還同時顯示了妓女制度在概念上的根本矛盾。在普魯斯特的欲望理論中，妓女陷入了一個進退兩難的窘境：她們一方面想要引誘男性，另一方面，卻因職業性質而無法採取最能激發愛情的行動，也就是對顧客說「今晚我沒空」。所以，儘管這些女性可能既聰明又有魅力，但她們唯一不能做的，恰恰就是讓顧客對能否占有她們的身體產生懷疑。這樣的結果顯而易見，這種方式難以激發出真正持久的欲望。

如果妓女……難以引起我們的熱情，不是因為她們比其他女性遜色，而是因為她們早已經準備就緒，就在那裡等候著我們光臨。她們主動提供了我們正在追求的東西。

問

所以普魯斯特認為性就是男人想要得到的一切嗎？

答

這一點還必須進一步細分。他並非主張性就是男人渴求的全部，但是，妓女提供給男人的，是男人以為自己想要得到的東西，這因此給了男人一種「得到」的幻覺，一種表面的滿足感，而這種幻覺強烈到足以扼殺真摯愛情的萌芽。

再回到公爵夫人的例子，她無法真正欣賞自己的華服，並非因為這些衣裳不夠美麗，而是因為獲得它們太過容易。這種輕易得來的擁有，反而使她誤以為已經得到了一切，從而忽視了普魯斯特所推崇的另一種更為深刻的占有形式，也就是精神層面、想像層面的占有。這種佔有方式包括沉浸於衣裳的細節、布料的褶皺、線條的精緻等。相比之下，阿爾貝婷卻擁有並追求這種想像中的、精神層面的占有，雖然這並非出於她的刻意選擇，而是因為無法實質佔有、無法真正接觸而產生的一種自然反應。

問

這是否意味著他不太看重做愛？

答

他只是認為人類在生理構造上，缺少一個能夠恰當執行此一行為的器官。在普魯斯特的愛情理論中，純粹肉體層面的相愛是不可能實現的。考慮到他所處時代的拘謹氛圍，他僅僅談論了對於接吻這一行為的失望。

人類這種生物儘管比海膽甚至鯨魚複雜得多，卻仍然缺少一些關鍵器官，尤其是專門用於接吻的器官。為了彌補這項缺陷，人類不得不用嘴唇來代替，但這樣做的效果，也只比用獠牙愛撫情人稍微好一些。嘴唇的原本功能，是將能引起食慾、刺激味蕾的食物傳遞給上顎；而接吻這個行為，卻只能夠滿足於在表面游移，在不可穿透又無法抗拒的臉頰前受阻、停滯，嘴唇既無法理解自己的錯誤，也無法承認自己的失望。

我們之所以渴望親吻他人，從某個角度來看，不過是為了激發一種愉悅的感覺，透過一片柔軟、肉感、濕潤的皮膚組織，摩擦一片充滿神經末梢的區域，從而帶來愉悅的感受。然而，特別是在戀愛初期，我們對接吻的期待往往遠不止於此。我們渴望擁有、品嚐的，不僅僅是一張嘴，而是愛人的全部。透過親吻，我們希望達到一種更高層次的佔有；當我們的唇被允許自由地在情人的唇上游移時，我們對所愛之人的渴望似乎就能在那一刻得到滿足。

然而，對普魯斯特而言，儘管親吻能帶來愉悅的身體觸感，卻無法賦予我們愛情上真正的佔有感。

他透過敘事者與阿爾貝婷的親吻經歷，細細地描繪了這種失望。他們初遇於諾曼第海岸，那是個燦爛的夏日。敘事者被阿爾貝婷吸引，她粉嫩的雙頰、黑髮、美人痣，輕率而自信的舉止，以及她所喚起的，那一切讓他懷念的事物：阿爾貝婷讓他聯想起夏天、海的氣息和青春。夏天結束後，兩人回到巴黎，阿爾貝婷來到他的公寓。當初在海濱時，敘事者曾經嘗試親吻阿爾貝婷，她卻顯得很拘謹，可現在，她挨著他躺在床上，兩人親密擁抱，這本該意味著，兩人終於可以一同前往那最終時刻。然而，儘管敘事者希望這個吻能讓他品味阿爾貝婷的全部：她的過往、海灘、夏天，以及他們相遇的所有情境，可惜，現實卻平凡得多。他的唇觸碰阿爾貝婷的唇，敘事者卻感覺自己像是用獠牙在撫摸她，而且由於彆扭的親吻姿勢，敘事者看不見阿爾貝婷，鼻子也被壓得幾乎無法呼吸。

這或許是個特別笨拙的吻，但普魯斯特藉由詳述這個吻讓人失望之處，點出了用肉體方式去欣賞對方的普遍困境。敘事者意識到，儘管他幾乎可以對阿爾貝婷為所欲為，讓她坐在膝上，雙手捧著她的頭，愛撫她；儘管如此，他仍然感覺自己只是在觸摸一封密封的信，內裡藏著難以捉摸的、無法真正碰觸到的愛人。

這可能本不該是個問題，但這種困境之所以存在，是因為我們總是傾向於相信，肉體接觸能讓我們直接觸及所愛之人的本質。當我們對接吻感到失望時，我們很可能把這種失望歸咎於被親吻的對象，認定他乏味無趣，而忘了反思接吻這個行為本身的侷限性。

問 有什麼維持長久關係的祕訣嗎？

答 不忠。普魯斯特指的不是真的做出不忠的行為，而是讓愛人感受到它的威脅。在他看來，只有注入一劑嫉妒，才能拯救被習慣侵蝕的感情關係。對於那些已踏入同居這危險階段的戀人，普魯斯特有一句忠告：

當你開始與一個女人同居、朝夕相處後，不久便會發現，那些她身上曾令你為之傾倒的特質似乎消失無蹤；不過，這兩個日漸離心的人，確實可以透過嫉妒的力量使他們重新結合。

可惜的是，普魯斯特筆下的人物，往往無法妥善運用自身的嫉妒心。可能失去伴侶的恐懼或許能夠讓他們意識到，自己沒有充分珍惜眼前人，但是，由於他們的關係僅止步於肉體層面的欣賞，因此，他們所能做的，不過是確保得到對方肉體層面的忠誠，這種做法能帶來的只有短暫的寬慰，過不了多久，無聊的感受又會捲土重來，兩人再次陷入了一種令人精疲力竭的惡性循環：他們渴望對方，然後用獠牙親吻彼此，之後，便感到厭倦乏味；若此時有他人介入，或有外力威脅到這段關係，嫉妒之火便會重燃，讓他們短暫地清醒過來，再次用獠牙親吻彼此，接著，毫無意外地，再一次陷入無聊。將這個過程濃縮，以異性戀男性的眼光來看，情況大致是這樣的：

當我們害怕失去她時，世界上的其他女人彷彿都不復存在；然而，一旦確信自己能夠留住她，我們又開始將她與其他女人比較，而且彷彿就在瞬間，立時覺得更加偏愛別的女人。

問

那麼，如果普魯斯特正如自己向安德烈・紀德所誇口的那樣，前去拜訪這些陷入困境的戀人並為他們指點迷津，他會對他們說些什麼呢？

答

我猜測，他可能會引導他們思考諾亞的故事，想像諾亞在方舟中醒悟、重新真正觀看這個世界的感受。又或者，會談談蓋爾芒特公爵夫人，和她那些從沒正眼瞧過的滿櫃子的錦衣華服。

問

那麼他有什麼特別的話要對斯萬和奧黛特說嗎？

答

好問題！不過，我想我們不該忽視普魯斯特書中可能是最睿智的人物——勒魯瓦夫人（Mme Leroi）所提出的教導；當被問及對愛情的看法時，她簡潔地回答：

「愛嗎？我常常做，但從不談論它。」

9

CHAPTER

如何放下書本

我們應該如何看待書籍呢？「親愛的朋友，」普魯斯特曾對安德烈・紀德說，「儘管與我們這個時代的風氣相悖，我相信，一個人可以對文學懷有崇高的理念，同時也能善意地嘲弄它。」這番話乍聽之下或許只是隨口而出，但其中蘊含的深意卻值得我們細細品味。普魯斯特作為一位獻身於文學的人，對於過分嚴肅看待書籍，或者說對書本採取一種戀物崇拜式的敬畏態度，表現出了獨特的警覺。這種崇拜式的態度看似恰如其分地表達對文學的敬意，實則可能扭曲了文學創作的精神。普魯斯特認為，要與他人的作品建立健康的關係，我們既要懂得欣賞其優點，也要能夠認識到它的侷限性。

閱讀的益處

一八九九年，當時的普魯斯特處境很不理想。他二十八歲，一事無成，依然住在父母家中，從未真正靠自己賺過錢，還經常生病，最令他感到沮喪的是，儘管他已經嘗試寫作小說長達四年之久了，卻依然看不到多少成果。那年秋天，普魯斯特前往法國阿爾卑斯山腳下的溫泉小鎮埃維昂（Évian）度假。在這次旅行中，他偶然接觸到了約翰・羅斯金[1]（John Ruskin）的作品，立即被深深吸引。羅斯金是一位英國著名的藝術評論家，以其關於威尼斯、畫家透納[2]（Turner）、義大利文藝復興、哥德式建築和阿爾卑斯山景觀的精闢見解而聞名於世。

普魯斯特與羅斯金作品的相遇，恰恰展現了閱讀所能帶來的巨大益處。「宇宙在我眼中突然重獲無限價值，」普魯斯特後來解釋道，因為在羅斯金眼中，宇宙本身就蘊含著無窮的價值，而且他天賦異稟，具備將這些深刻印象轉化為文字的非凡才能。在羅斯金的筆下，那些普魯斯特曾經只是模糊感受到的經驗、意識到卻無法闡述的事物，被巧妙地提煉出來，並以優美的語言組織成文。

羅斯金的作品讓普魯斯特對可見的世界有了更加清晰和敏銳的認知，使他能夠真正看清建築、藝術和自然的本質。在羅斯金的諸多作品中，此處以一條普通的山溪為例，展現他的描寫如何喚醒讀者的感官，讓人彷彿親臨其境：

1 約翰・羅斯金（John Ruskin，1819-1900），英國藝評家、社會思想家、慈善家。寫作題材涵蓋範圍廣闊，藝術思想頗受重視。著有《現代畫家》系列、《建築的七盞明燈》等。

2 約瑟夫・威廉・透納（Joseph William Turner，1775-1851），英國浪漫主義風景畫家、水彩畫家和版畫家，追求光線與色彩效果，影響印象派甚深，作品有《米諾陶戰艦的傾覆》、《風雨和速度—西部大鐵路》、《被拖去解體的戰艦魯莽號》等。

當水流在河床上方三四英尺處遇到岩石阻擋時，它通常既不分流，也不起泡沫，幾乎不受任何影響。相反地，水流以一個光滑的拱形水穹優雅地越過障礙，順勢而下，看似毫不費力。這種流動的美感源於水流的極速，將整個水面拉伸成一條平行的線條，使得整條河面呈現出一種深沉而又狂放的大海般的氣勢；激流與海浪的唯一區別在於它們破碎的方向：激流的浪花總是向後破碎，而海浪則是向前翻滾。因此，在這種充滿衝力的水流中，我們可以欣賞到最為精緻的曲線排列，它們不斷地從凸轉為凹，再從凹轉為凸，以其靈動的優雅緊密貼合著河床的每一處隆起與凹陷；這種和諧一致的運動呈現出大自然所能創造的最美麗的無機形態序列，這樣的形態之美只能出自造物主之手，人工難以企及。

除了對自然景觀的細膩描繪，羅斯金的作品還幫助普魯斯特發現法國北部大教堂的美。假期結束回到巴黎後，普魯斯特深受啟發，決定親自前往布爾日（Bourges）、夏特（Chartres）、亞眠（Amiens）和魯昂（Rouen）等地，體驗這些宏偉建築的壯麗。普魯斯特坦言，在閱讀羅斯金的《建築的七盞明燈》（*The Seven Lamps of Architecture*）一書中，他獲得了全新的認知。羅斯金文中有一段關於盧昂大教堂的描述，特別引起他的注意。羅斯金在書中細緻刻畫了一個特別的石像，這個石像和數百個其他石像，一起被雕刻在大教堂的一個門廊上；這個特別的石像只是個小人，高度不過十公分，卻刻畫得栩栩如生，它的表情困惑又煩躁，一隻手用力按在臉頰上，擠皺了眼睛下方的肌肉。

對普魯斯特來說，羅斯金對這個小人的特別關注，某種程度上使這個小人石像活了過來，而這正是偉大藝術的特徵：賦予無生命的物體以生命。羅斯金懂得如何「看」這個石像，也因而讓後世的人們得以欣賞到石像所蘊含的生命力。普魯斯特一如既往地彬彬有禮，他以一種俏皮的方式向這個小石像道歉，承認若沒有羅斯金的指引，他可能永遠無法注意到這個小小的雕像（「我沒有那樣的聰明，無法在這些城鎮中數以千計的石頭中找到你，留意到你的身影，重新發現你的個性，召喚你，讓你重獲生命」）。這尊人像，不僅象徵著羅斯金為普魯斯特所帶來的啟發，更代表了所有優秀書籍可能為讀者帶來的啟發——它們有能力將那些因習慣和漠視而導致的昏沉麻木喚醒，讓那些有價值卻常常被忽視的經驗重新浮現在我們的意識中。

羅斯金的作品對普魯斯特產生了深遠的影響，這種震撼之強烈，以至於普魯斯特試圖透過文學研究這個愛書人一貫的傳統職業，繼續延續與他之間的聯繫。普魯斯特擱置了自己的小說創作，成為一名研究羅斯金的學者。一九〇〇年，當羅斯金離世時，普魯斯特不僅撰寫了悼文，還發表多篇紀念論文，隨後，更是開始了一項浩大的工程，矢志將羅斯金的所有作品譯成法文。這項任務之艱巨，志向之宏遠，部分原因在於普魯斯特的英文程度其實相當有限；他的朋友喬治・德・勞里斯（Georges de Lauris）還曾分享，普魯斯特連在餐廳用英語正確點一份羊排都有困難。然而，令人訝異的是，他成功地完成《亞眠的聖經》（*Bible of Amiens*）和《芝麻與百合》（*Sesame and Lilies*）這兩部羅斯金作品的翻譯。譯筆不但高度準確，還附加大量考究的學術註腳，充分展示了他對羅斯金作品的深入理解和廣博知識。普魯斯特投入這項工作的熱情和嚴謹程度，堪比一位狂熱的學者。他的英國朋友瑪麗・諾德林格（Marie Nordlinger）曾經描述普魯斯特工作時的情景：

> 他工作環境十分不舒適，簡直到了難以置信的程度。床上堆滿了書和紙稿，枕頭散落各處，左邊一張竹桌，上面東西堆積如山，幾乎沒有空間可以用來寫字（難怪他的字跡如此難以辨認），地上還散落著一兩支便宜的木質筆桿，顯然是在工作中不小心掉落的。

普魯斯特在學術研究方面表現得如此出色，相比之下，他作為小說家的成就似乎並不突出，眼見學術生涯正在向他招手。而這也是他母親所希望看到的。看著兒子浪費數年，寫作一部毫無進展的小說後，她欣喜地發現兒子竟有成為優秀學者的潛力，這份天賦之顯著，是連普魯斯特自己都不可能忽視的程度。事實上，多年後他曾表示理解母親的判斷：

我一直同意媽媽的看法，她認為我一生中只能做好一件事，而這件事我們兩個都非常看重，也認為它很有價值，那就是成為一名出色的教授。

閱讀的侷限性

然而，不用多說，我們都知道普魯斯特最終既沒有成為普魯斯特教授，也沒有成為專門研究羅斯金的學者和翻譯家。考慮到他是多麼適合從事學術研究，又多麼不適合其他幾乎所有事情，再加上他有多麼尊重自己摯愛母親的意見，這個結果實在意義重大，甚至值得深思。

普魯斯特對於閱讀和研究所持的保留態度可謂精妙至極。他毫不懷疑閱讀和研究的巨大價值，並且完全能夠為自己所做的羅斯金研究進行有力的辯護。他反駁那些認為心智本身就可以自足的庸俗觀點：

平庸之輩通常認為，如果讓自己接受心中景仰的書籍引導，會剝奪自我的判斷力，甚至是部分的獨立性。他們會說：「羅斯金的感受與你有何關係？應當自己去感受。」這種觀點建立在一個心理認知的嚴重謬誤之上，所有接受過精神訓練的人，都不會接受上述主張。優秀的引導，能夠實質上讓我們感到自己的理解力和感受力都得到無限提升，而且批判性思維也並未因此而麻痺……把大師遺留下來的東西試圖在自己內心重建，恰恰是我們認知與感受自己的最佳方式。在這種深度的努力中，我們將自己的思想帶入光明之中，與大師的的思想合而為一。

在這番為閱讀和學術研究激情辯護的同時，普魯斯特卻也巧妙地暗示了他內心有所保留之處。他不著痕跡地提出了一個可能引發爭議或批評的觀點：我們應該出於特定目的進行閱讀，不是要消磨時光，也不是因為純然的好奇心，更不是抱著中立的、不帶任何情緒的態度，僅僅是想要理解羅斯金的感受。相反地，閱讀，是為了，他重複一遍並再次強調，「將大師留下的遺產在我們內心重新構築，這正是我們認知和感受自我的最佳途徑。」換言之，閱讀他人作品的終極目標，是去探索我們自身的感受，深入了解自己的內心世界。我們應該培養和發展的，是自己的思想和自己獨特的思維方式。儘管在這個過程中，我們借助了其他作家的智慧來達到這個目的。因此，判斷一段學術生涯是否圓滿完整，其核心在於我們是否確實透過所研究作家的著作，充分闡述了自己所關注的人生課題；而在透過翻譯或評論來理解這些作品的過程中，我們實際上也在理解和培育自己精神世界中最為珍貴的部分。

這就是普魯斯特的關切點所在。在他看來，若僅僅依靠書本來體察自己的感受，是遠遠不夠的；書籍能夠開闊我們的視野，提升我們的感受和認知能力，但這種提升終將達到一個極限。這並非巧合，也不是因為偶然，或者運氣，而是必然且不可避免的結果，原因很單純，因為我們畢竟不是作者本人。無論閱讀哪一本書，總會有那麼一個時刻，我們會感到某些部分不甚協調、難以理解或有些牽強。在這種時候，我們就該勇於承擔起自己的責任，拋開書本這個嚮導，獨自前行，依循自己的方式繼續思考和探索。普魯斯特對羅斯金推崇備至，但在潛心研究他的文本長達六年之後，當床榻上散落著手稿，竹桌上堆滿書籍之時，因為長久以來一直被束縛在另外一個人的話語和思想中，普魯斯特終於感到難以忍受的煩躁，他憤怒地表示，羅斯金作品的卓越之處，並不能阻止他經常變得「愚蠢、狂熱、壓抑、錯誤和荒謬。」

值得注意的是，此時的普魯斯特並沒有轉而去翻譯喬治・艾略特（George Eliot）或去註解杜思妥也夫斯基（Dostoevsky），這清楚表明了，他意識到自己在研究羅斯金過程中所感受到的挫敗感，並非源自於作者本身，而是反映了閱讀和學術中普遍存在一種根本的侷限。這種認知也成為他不再努力爭取「普魯斯特教授」頭銜的原因。

優秀的書籍擁有一種偉大而奇妙的特質，對於作者而言，它們可能被視為「結論」，但對讀者來說，卻是「啟發」的源泉。（由此可見閱讀在我們精神生活中所扮演的角色，雖然至關重要，卻也存在其固有的侷限性。）我們能夠強烈地感受到作者的智慧結束之處，正是我們的智慧要開始的地方；當我們期望作者能夠為我們提供確切的答案時，他所能做的卻僅僅是激發我們的渴望……這既是閱讀的價值所在，也是它的不足之處。若將閱讀本身視為一門獨立的學科、一項專門的研究或修煉，無疑是將一個本應扮演啟發角色的工具，賦予了過於沉重的份量。閱讀處在精神生活的門檻處，它引導我們步入其中，卻不能構成精神生活的全部內容。

然而，普魯斯特深知，將閱讀當作構成我們精神生活的全部，是一項多大的誘惑。有鑑於此，他制定了一系列審慎的指導原則，引導讀者能夠更負責任地對待閱讀這項行為：

只要閱讀對我們而言，仍然是那把能夠開啟我們內心深處隱密居所的魔法鑰匙，那麼，它對於我們的生活就是有益的。但是，一旦閱讀不再作為喚醒、激發我們個人思想與生活體驗的方式，反而取而代之，成為我們生活的全部內容，那麼閱讀就變得危險了。在這種情況下，真理不再呈現為一種理想，一種我們只能透過深化內心思想和不懈的心靈努力才能逐步實現的東西，而是被錯誤地認為是某種現成的物質性存在，彷彿是被他人精心準備好的甘甜蜂蜜，靜靜地躺臥在書頁之間，我們只需要動動手從圖書館的書架上取下，然後在身心完全放鬆的狀態下被動地品嚐即可。這種方式的閱讀就可能帶來危險了。

書籍確實能夠幫助我們，讓我們對於自身所感受到的事物有更深刻的意識和理解。但普魯斯特也敏銳地注意到，正因如此，我們很容易受到這種誘惑，將解讀生活的全部重任都交付給書本。

在《追憶逝水年華》中，普魯斯特創造了一個生動的例子，用以展現這種過度依賴的弊端。這個例子是關於一位正在閱讀拉布魯耶爾[3]（La Bruyère）作品的讀者，當他在翻閱《性格論》（*Les Caractères*）這本書時，偶然讀到以下這句意味深長的箴言：

人們常常渴望能夠徹底去愛，卻發現無法做到；人們同樣渴望尋求自我毀滅，卻同樣無法達成。也許，我們可以這樣說，人們是在違背自己意願的情況下保持自由。

小說中的這位閱讀者，多年來一直追求一個女人，試圖讓她愛上自己。然而，即使這位女子真的愛上他了，也只會讓他感到不快樂。普魯斯特推測，這個不幸的角色在讀到這句箴言時，會立即感受到它與自己的生活緊密聯繫，進而被深深打動。他會反覆咀嚼這段文字，賦予它極其深遠的意義，直到意義幾乎要在字句中迸發而出。隨後，他會將百萬字和自己生命中最令人心潮澎湃的回憶附加在這句箴言上，最後因為它看起來如此美麗和真實，而感到無比欣喜，不斷吟誦。

儘管這個反應同樣是此人各方面生活體驗後的結晶，但普魯斯特卻暗示，這個人對拉布魯耶爾思想的極度狂熱，在某種程度上使他分心，無法專注於自身的真實感受上，忽略了其中的微妙細節。這句箴言或許能幫助他理解自己故事的其中一部分，卻無法完整反映出他的全部經歷。若要更準確地表現出他在愛情中的不幸遭遇，這句話應該會是「人們常常想全然被愛……」而不是「人們常常想要徹底去愛……」這兩句話雖然乍看之下區別不大，但其中的細微之處卻是關鍵。這說明即使是最優秀的書籍，即使它出色地闡述了我們部分經歷，但那仍然只反映了其中一部分，而非全部。

因此，在閱讀時我們必須保持謹慎的態度，同時懷抱開放的心胸，勇於接受書籍

3 尚・德・拉布魯耶爾（Jean de La Bruyère，1645-1696），法國哲學家，作品針砭時弊、描寫法國十七世紀宮廷人物，著有《性格論》，是法國文學史上著名的散文作品，影響甚大。

帶給我們的洞見。但是不應就此屈從，放棄自己的獨立性，或是太過沉浸在閱讀過程中，忽略了辨識那些我們自身愛情生活中細微的感覺差異。

否則，我們可能會罹患一系列普魯斯特在過於崇拜、過於依賴的讀者中所識別到的一系列症狀：

症狀一：誤將作家的作品當作神諭

普魯斯特還是個男孩時，曾非常熱衷於閱讀泰奧菲爾·戈蒂耶[4]（Théophile Gautier）的作品。戈蒂耶在《弗蘭卡斯隊長》（*Le Capitaine Fracasse*）中的某些句子，在普魯斯特看來是如此深刻，以至於他開始將這位作家視為一位擁有無限洞察力的非凡人物，渴望向他諮詢所有重要的問題：

> 我希望他，這位獨一無二的智慧與真理的守護者，能夠指點我如何正確地理解莎士比亞、塞丁（Saintine）、索福克勒斯[5]（Sophocles）、歐里庇得斯[6]（Euripides）、西爾維奧·佩利科[7]（Silvio Pellico）等偉大作家的作品……更重要的是，我希望他告

訴我，如果我重新回到中學一年級學習，或是選擇當一名外交官，又或是成為上訴法院的律師，哪一條路更有可能讓我接近真理。

令人遺憾的是，戈蒂耶那些啟發人心、引人入勝的句子，往往散落在一些極其乏味的段落。例如，在花費大量篇幅描述一座城堡的那一頁中。而且顯而易見的，他對於告訴小馬塞爾如何看待索福克勒斯，或是否應該踏入外交界或法律界這樣的問題毫無興趣。

就普魯斯特的職業生涯而言，這種對戈蒂耶過高期望的幻滅，反而是一件幸事。

4 皮耶・朱爾・哥提耶（Pierre Jules Gautier，1811-1872），法國詩人、小說家、戲劇家和文藝批評家，「為藝術而藝術」是其信念，著有《莫班小姐》、《琺瑯與雕玉》。

5 索福克勒斯（Sophocles，前496年/497—前405年/406），古希臘悲劇作家，流傳下來的作品有《安蒂岡妮》、《伊底帕斯王》等。

6 歐里庇得斯（Euripides，前480年—前406年），古希臘悲劇作家，著名作品《美狄亞》，對後來西方文學的發展有著很深遠的影響。

7 西爾維奧・佩利科（Silvio Pellico，1789－1854），義大利作家、劇作家。

畢竟，縱然戈蒂耶在某一領域具有非凡的洞察力，並不意味著他在其他領域也能提供同樣有價值的見解。然而，人性中存在一種自然傾向，總是不自覺地認為，一個在某些議題上表現出極高智慧的人，很可能在其他話題上也是無可爭議的權威，甚至可能掌握解答一切問題的鑰匙。

普魯斯特孩童時期對戈蒂耶抱有過高的期望，隨著時間的推移，也開始有人對他抱有相同的期望。有人堅信他必定能夠解開關於人類存在的種種難題，而這種看似荒誕的希望，其來源大概僅僅源於他的小說作品。《不妥協者報》的員工，那些靈機一動的記者們，不就認為向普魯斯特請教全球末日的後果，是再合適不過的嗎？他們似乎堅信這位作家擁有如同神諭般的智慧，並且不斷用類似的問題糾纏他，例如，他們認為普魯斯特可能是回答以下問題的最佳人選：

假如由於某種原因，你被迫從事體力勞動來維持生計，根據你的興趣、天賦和能力，你會選擇哪一種職業？

「我想我會選擇成為一名麵包師。為人們提供每日所需的麵包是一件光榮的事業。」普魯斯特回答，儘管他甚至連烤片吐司都不會。不過，在給出這個回答之前，他倒是堅持強調，寫作本身就是一種體力勞動：「你們在體力職業和精神職業之間劃分的界限，恕我無法認同。精神始終在指導著手的動作。」對於這點，負責清理廁所的塞萊斯特可能會禮貌地提出異議。

這無疑是一個缺乏實質意義的回答，但同樣地，當這個問題被拿來詢問普魯斯特時，本身就是一個毫無意義的提問。為什麼擁有寫作《追憶逝水年華》的能力，就代表他有能力為剛剛被解雇的白領工人提供職業建議？為什麼《不妥協者報》的讀者需要聽取一個從未有過正式工作經驗，且本身並不特別喜愛麵包的人，對烘焙行業發表極其個人、缺乏專業性的看法？為什麼不讓普魯斯特回答他所擅長領域的問題，而在其他方面，坦然承認他們需要另外尋找一位高水準的生涯職業顧問？

症狀二：讀完一本好書後，很難提筆寫作

乍看之下，這似乎只是在探討一個相對狹隘的主題，即作家與寫作這個職業之間的關係。然而，若我們將視野放寬，考慮到一本傑出的著作是否也可能成為我們思考的阻

礙，那麼這個話題就變得格外值得深入探討了。試想，若一部作品如此出色，以至於在我們心中形成了一種完美無缺的印象，甚至感覺它遠遠超越自身思維所能達到的高度，這會帶來什麼樣的影響？讀完一本真正優秀的書籍後，往往讓我們陷入沉默之中。

閱讀普魯斯特的作品就幾乎讓維吉妮亞・吳爾芙[8]（Virginia Woolf）陷入沉默。她熱愛普魯斯特的小說，到了一種癡迷的程度。在她眼中，《追憶逝水年華》是無懈可擊、完美無缺的，然而這種認知卻是令人沮喪的；倘若我們參考華特・班雅明[9]（Walter Benjamin）對於人們為何成為作家的見解，亦即，人們之所以成為作家，是因為他們無法找到一本令自己完全滿意的書。於是，對於當時的吳爾芙來說，困境就出現了，因為她認為自己已經找到了一本完美的作品。

馬塞爾和維吉尼亞：一個短篇故事

維吉妮亞・吳爾芙在一九一九年秋天，給她的好友羅傑・弗萊[10]（Roger Fry）寫了一封信，這是她首次提及普魯斯特的作品。當時，弗萊在法國，而吳爾芙身處里奇蒙（Richmond），天氣霧濛濛的，花園一片荒涼。她在信中隨口問弗萊回英國時能否幫她帶一本《在斯萬家那邊》。

直到一九二二年，吳爾芙才再次提到普魯斯特的名字。那時的她已經四十歲了，儘管她早就請求弗萊帶回《在斯萬家那邊》，卻似乎仍未開始閱讀普魯斯特的任何作品。吳爾芙在給小說家E．M．佛斯特[11]（E. M. Forster）的信中透露，周圍所有人都在認真讀普魯斯特。「每個人都在讀普魯斯特。我坐在一旁，靜靜聆聽他們分享閱讀心得。那似乎是一種非比尋常的體驗，」她接著解釋，似乎因為害怕被小說中的某些東西徹底壓倒，她遲遲不敢翻開這本書。吳爾芙將普魯斯特的小說想像成一片深不可測的

---

8 維吉妮亞．吳爾芙（Virginia Woolf，1882-1941），英國作家，被譽為現代主義與女性主義作家先鋒，知名作品包括《戴洛維夫人》、《燈塔行》、《奧蘭朵》、《自己的房間》、《普通讀者》。

9 華特．班雅明（Walter Benjamin，1892-1940），出身德國的哲學家、文化評論家和散文家。寫過很多文學評論文章，最著名的作品包括論文《發達資本主義時代的抒情詩人》、《機械複製時代的藝術作品》、《歷史哲學論綱》。

10 羅傑．弗萊（Roger Fry，1866-1934），英國畫家和藝術評論家，提升英國公眾對現代藝術的認識，著有《法國藝術的特點》、《對英國繪畫的思考》等多本藝術評論作品。

11 E．M．佛斯特（E. M. Forster，1879-1970），英國小說家、散文家，著有《印度之旅》、《窗外有藍天》、《此情可問天》，多部小說被翻拍成電影，也著有文學評論書籍《小說面面觀》。

沼澤，而不是數百張用線和膠水黏在一起的紙頁。「我就這樣站在邊緣顫抖著，等待被淹沒的命運降臨。我心中湧現出一種可怕的預感，我會一直沉下去，沉下去，再也無法浮出水面。」

最終，吳爾芙還是鼓起勇氣，跳入普魯斯特的文字之海，隨之而來，在她內心湧出了一系列複雜的情感與思考。她在給羅傑・弗萊的信中傾訴道：「普魯斯特的文字激起我強烈的表達慾望，這種衝動如此強烈，以至於我幾乎無法寫下任何一個句子。我不禁在心中吶喊，哦，如果我能夠像他那樣寫作該有多好！就在那一刻，我感受到他帶給我的，一種令人驚歎的震撼和充實感，這種感覺幾乎帶有某種性的意味；他讓我產生一種錯覺，彷彿我也能像他那樣寫作，於是我拿起筆來，可是，我不能，事實證明我不能，我寫不出那樣的文字。」

這番話聽起來像是對《追憶逝水年華》的由衷讚美，但若從另一個角度來看，實際上卻是對她自身作家前途的一個陰鬱預言：「原來，我文學生涯中最偉大的冒險終點就是普魯斯特。那麼……在這之後還有什麼值得書寫呢？……終於有一個人成功捕捉到了那些一直逃逸、難以把握的生命精髓，將它們凝結、轉化成如此美麗且永恆的存在。他究竟是如何做到的？面對如此鉅著，我們除了放下書本，掩卷嘆息，似乎別無他法。」

儘管吳爾芙如此自嘆不如，但她內心深處仍然清楚意識到《戴洛維夫人》這部作品必須被寫出來。當吳爾芙真正寫完這本書後，她允許自己短暫地沉浸在欣喜的情緒中一會兒，相信自己可能真的創作出了一些有價值的東西。「我在想，這次我是否真的有所成就？」她在日記中自問，但是，這種愉悅的心情並沒有持續太久，她隨即表示：「不過，無論如何也無法與普魯斯特相提並論，我深深地陷入他的作品中。普魯斯特的獨特之處在於，他將極致的敏感與極致的堅韌完美結合在一起。當他搜尋蝶翼般微妙的色彩時，他會堅持不懈地探索到最後一個微小的粒子；他既像羊腸線一樣堅韌不屈，又像絢麗的蝴蝶一樣脆弱易逝。我想，他的影響將會長久地伴隨著我，使我對自己寫出的每一句話都感到不滿。」

不過，即使沒有普魯斯特的協助，吳爾芙也完全知道如何厭惡自己的句子。「我對《奧蘭朵》感到厭煩透頂，現在我什麼也寫不出來，」她在一九二八年完成這本書後不久，在日記中寫道。「短短一周內我就校對完畢，現在我完全無法再寫出哪怕一個短語。我真厭惡自己這麼囉嗦。為什麼我總是這樣滔滔不絕，說個沒完沒了？」

她所有的負面情緒，每每在與這位法國文學大師的作品有短暫接觸後，都瞬間急劇惡化。普魯斯特持續在她的日記中出現：「晚飯後，我讀了一會兒普魯斯特，然後又放下。這是最令人沮喪的時刻，簡直讓我想自殺。似乎已經沒有什麼好做了。一切都變得如此平淡無味，毫無價值。」

幸好，她尚未真的選擇自殺[12]，而是明智地決定暫時停止閱讀普魯斯特的作品。正是因為這個決定，她才得以繼續創作出幾本既不平淡無味也非毫無價值的小說。到了一九三四年，當她正在創作《歲月》這本小說時，從某些跡象可以看出，她似乎終於從普魯斯特的巨大陰影中逐漸擺脫出來了。她告訴埃塞爾・史密斯[13]（Ethel Smyth），她又重新拾起《追憶逝水年華》：「毫無疑問，這是一部偉大的著作，其光芒如此耀眼，以致在它的光弧之下我幾乎無法寫作。多年來我一直拖延著沒有讀完這部作品，但現在，想到自己可能在某一年就會離開人世，我又重新拿起這本書。讓我自己的胡亂寫作隨它去吧。天啊，我的書是多麼無可救藥的爛啊！」

從吳爾芙的語氣中，我們可以感受到她最終與普魯斯特達成了某種和解。她逐漸認識到，普魯斯特有他獨特的創作領域，而她也有屬於自己的寫作空間。從最初的抑鬱、自我厭惡，到後來的放任與反抗，這條心路歷程清晰地表明了，她逐漸認識到一個人的成就並不必然否定另一個人的成就。而且，即使表面上看起來並非如此，生命中總還有值得追求和實現的事情。普魯斯特可能已經將許多人生體驗和思考表達得淋漓盡致，但這並不意味著獨立思考的空間和小說藝術的發展就此停滯。《追憶逝水年華》完成後，不必然導致沉默，仍然有許多空間，留予其他創作者書寫，留予《戴洛維夫人》、《普通讀者》、《自己的房間》書寫；尤其，吳爾芙的這幾部作品，恰恰象徵了處在類似的情境中，自己如何為自己保留感受和認知的空間。

症狀三：變成藝術的崇拜者

除了因為過分推崇其他作家，進而低估自己之外，另有一個可能的危險，就是我們可能會因為錯誤的原因而崇拜藝術家，陷入普魯斯特所警告的「藝術崇拜」陷阱。在宗教語境下，偶像崇拜指的是對宗教某一個特定方面過度迷戀，例如神祇的形象、

12 一九四一年，吳爾芙因為憂鬱症所苦，在自己的口袋裡裝滿了石頭之後，投入她家附近的歐塞河自盡。

13 埃塞爾・瑪麗・史密斯女爵士，（Ethel Mary Smyth，1858-1944），是英國作曲家和女性參政權運動成員之一。

對特定宗教律法或聖書的盲目崇拜，這種行為往往會使人偏離，甚至違背真正的宗教精神。

普魯斯特敏銳地觀察到，在藝術領域中也存在著這種結構上相似的問題。藝術崇拜者往往熱衷於欣賞藝術作品表面所呈現出的具體物象，卻忽視了藝術的本質和精神內核。例如，他們會特別喜愛某位偉大畫家筆下的某片鄉野風光，並誤以為這就是真正欣賞畫家才華的方式，他們的注意力往往集中在畫中的某個物體，而非畫作所蘊含的精神。普魯斯特的美學立場體現在一句看似簡單卻意義深遠的論述中：「一幅畫的美並不取決於它所描繪的事物。」

普魯斯特曾批評他的貴族朋友羅伯特・德・蒙特斯奎亞（Robert de Montesquiou）具有藝術崇拜的傾向。蒙特斯奎亞是位詩人，熱衷於藝術。當他在現實生活中遇到某個曾被藝術家描繪過的物品時，就會表現得異常興奮。比如，當蒙特斯奎亞偶然看到他的女性朋友穿著一件和巴爾扎克在小說《卡迪南公主的祕密》（*Les Secrets de la Princesse de Cadignan*）中，極為相似的那款為公主卡蒂南設計的華貴禮服時，他就會發出熱切的讚歎。普魯斯特之所以將這種反應視為一種崇拜，是因為蒙特斯奎亞的熱情並非出於對那件服裝本身的欣賞，而完全是出於對巴爾扎克這個名字的盲目崇拜。

蒙特斯奎亞自己並沒有真正領會喜愛那件裙子的理由，他既未吸收巴爾扎克美學理念的原則，也未領會巴爾扎克之所以欣賞這件特定物品的背後通則。因此，當蒙特斯奎亞面對一件巴爾扎克從未有機會描述過的裙子時，問題就出現了，蒙特斯奎亞可能會完全忽視這件裙子的美，因為它沒有被名家提及過。然而，如果碰上的是巴爾扎克本人，或是一位真正理解並欣賞巴爾扎克藝術精神的人，他們無疑會具備更為敏銳的審美眼光，能夠恰如其分地欣賞每一件裙子的獨特之處。

症狀四：會有衝動購買一本《重現的美食》（*La Cuisine Retrouvée*）

普魯斯特的文學世界中，食物扮演著舉足輕重的角色。食物常常以細膩入微的筆觸被描繪出來，人物品嚐時的真摯讚歎更是躍然紙上。僅舉幾例，普魯斯特在作品中呈現給讀者的菜餚包括：乳酪舒芙蕾（cheese soufflé）、青豆沙拉、杏仁鱒魚、烤紅鮄、馬賽魚湯（bouillabaisse）、黑奶油煎鰩魚、什錦燉牛肉、貝阿恩醬羊肉、俄式酸奶牛肉（beef Stroganoff）、燉桃子、覆盆子慕斯、瑪德蓮蛋糕、杏桃塔、蘋果塔、葡萄乾蛋糕、巧克力醬以及巧克力舒芙蕾。

相較於普魯斯特筆下人物所享用的這些令人垂涎欲滴的美食，我們日常平凡的飲食顯得相形失色，這往往會激發一種強烈的慾望，讓讀者想要親自品嚐作品中呈現的佳餚。在這種渴望的驅使下，我們很可能希望入手一本印刷精美、圖文並茂，名為《重現的美食》（*La Cuisine Retrouvée*）的食譜。這本食譜收錄了《追憶逝水年華》中每一道菜餚的精確做法，由巴黎頂級主廚精心編纂，於一九九一年首次面世出版（這家出版社同時也推出了一本同樣引人入勝的實用食譜，名為《莫內的廚房筆記》（*Les Carnets de Cuisine de Monet*）。）這本食譜不僅能讓每一個廚藝尚可的讀者，透過烹飪這種方式向這位偉大的小說家致以最誠摯的敬意，或許，還有可能幫助我們以一個新的角度，更深入地理解普魯斯特的藝術。舉例來說，一位虔誠的普魯斯特迷便可以透過這本書，精確地重現芙朗索瓦茲在貢布雷時，為敘事者和他的家人精心製作的那種令人難忘的巧克力慕斯。

芙朗索瓦茲的巧克力慕斯

材料：一百克普通烹飪巧克力、一百克白細砂糖、半公升牛奶、六顆雞蛋。

做法：將牛奶煮沸，加入掰碎的巧克力，慢慢融化後，用木勺攪拌。將砂糖與六顆蛋黃打發泡。預熱烤箱至攝氏一百三十度。

巧克力完全融化後，倒入蛋黃糖液中，快速用力攪拌，然後過篩。

將之倒入直徑八公分的小蛋糕模中，放入烤箱隔水加熱一小時。冷卻後即可上桌。

然而，當我們按照食譜做出這道美味的甜點後，在品嚐這份充滿文學氣息的芙朗索瓦茲巧克力慕斯之際，我們或許會停下來問自己，這美味的點心，以及整本《重現的美食》，真的是為了向普魯斯特致敬嗎？或者，我們可能陷入了藝術偶像崇拜的陷阱，一如普魯斯特警告過讀者的？雖然，總體而言，普魯斯特對於這樣一本以他的作品為基礎的食譜應是樂見其成的，但真正的問題在於，普魯斯特會希望這本書以什麼樣的形式呈現。如果我們認真思考並接受他關於藝術偶像崇拜的論點，就意味著應該認識到，相較於思考小說中食物出現的深層意義和精神內涵，特定食物本身其實無關緊要。這種可以轉化的精神才是普魯斯特真正想要傳達的，與芙朗索瓦茲準備的特定巧克力慕斯或維爾迪蘭夫人餐桌上的特定馬賽魚湯並無直接關聯。換言之，我們同樣可以在面對一碗平凡無奇的什錦麥片、印度咖哩或西班牙海鮮飯時，領會到這種精神。

《重現的美食》這類食譜的潛在危險在於，當我們無法找到製作書中那道巧克力慕斯或四季豆沙拉所需的正確食材，不得不退而求其次，選擇吃一個普通的漢堡時（對了，普魯斯特從未有機會在書中寫到漢堡），在不經意間，就可能讓我們陷入深深的沮喪之中。

當然，這就絕非普魯斯特的本意了。他告訴讀者：「一幅畫的美並不取決於它所描繪的事物。」

症狀五：想造訪伊利耶—貢布雷

從以宏偉大教堂聞名的古城夏特出發，駕車朝西南方向馳騁而去，擋風玻璃外的景致呈現出一幅典型的北歐耕地風光。這裡的景色平凡無奇，唯一值得注意的特色恐怕是整片平坦的大地，偶爾出現的水塔或農業筒倉，因為在汽車雨刷上方的地平線上孤獨矗立著，顯得格外引人注目。不過，這種單調乏味的景色反而給人一種解脫感，讓旅人得以暫時放下欣賞美景的壓力，有時間重新整理那張皺巴巴、有如手風琴般多摺的米其林地圖，為即將抵達羅亞爾（Loire）河谷城堡區做準備；或者，也可以利用這段時間，好好消化剛才所見的夏特大教堂那令人嘆為觀止的建築特色：如爪般伸展的飛扶壁，以及飽經風霜、訴說著歷史滄桑的鐘樓。沿途的鄉間小路穿梭於寧靜的村落之間，家家戶戶緊閉著百葉窗，彷彿整個世界都陷入了永恆的午睡；就連路邊的加油站也顯得毫無生氣，只有石油公司埃爾夫（Elf）的旗幟在微風中輕輕飄揚，為這片廣闊的麥田增添了一抹色彩。偶爾有雪鐵龍（Citroën）汽車匆匆出現在後照鏡中，從後方疾馳而來，以一種張揚的姿態超車而過，彷彿唯有速度才能戰勝這令人絕望的單調景致。

在較大的路口處，那些徒勞地豎立著九十公里限速的標誌中，有一塊指向圖爾（Tours）和勒芒（Le Mans）方向的路牌，此外，細心的駕駛可能還會注意到一個金屬箭頭，指向小鎮伊利耶—貢布雷（Illiers- Combray），上面標註著距離公里數。幾個世紀以來，路牌上一直只寫著伊利耶，但在一九七一年，這個小鎮決定讓即使是最缺乏文學素養的駕駛人，也能認識到此地與他那最知名且引以為傲的「兒子」（儘管實際上他只是個短暫的訪客）之間的淵源。普魯斯特從六歲到九歲，還有十五歲那年的夏天，都在他姑媽伊麗莎白・阿米奧（Elisabeth Amiot）的家中度過；也正是在這裡，他為筆下虛構的貢布雷小鎮找到了靈感來源。

駕車駛入這樣一個小鎮時，不禁會感到一絲奇妙；十九世紀末，作為小男孩的普魯斯特曾在此度過幾個夏天，而後他創造了貢布雷，也成為著名的小說家。而如今，小鎮因為作家筆下的虛構之地，就此放棄自己部分的獨立性與現實性。但伊利耶—貢布雷似乎很享受這個身分，在普魯斯特醫生街（Rue du Docteur Proust）的一個轉角處，有家麵包糕點店門外掛著一個令人費解的大招牌：「萊奧妮姑媽曾經購買瑪德蓮蛋糕的地方。」

市集廣場（Place du Marché）上的麵包店也不遑多讓，它也參與了「製作馬塞爾・普魯斯特的小瑪德蓮蛋糕」的競爭，一包八個售價二十法郎，十二個三十法郎。有趣的是，儘管麵包師傅可能從未翻閱過《追憶逝水年華》，但他深知若非這部曠世鉅作吸引了世界各地的文學愛好者前來朝聖，這家小店恐怕早已難以為繼。如今，這些遊客手持相機、提著裝有瑪德蓮蛋糕的紙袋，朝阿米奧姑媽的故居走去。那是一棟外表平凡無奇，甚至有些陰鬱的建築，若不是因為年幼的普魯斯特曾在此收集了眾多靈感——用以構建《追憶逝水年華》中敘事者的臥室、芙朗索瓦茲製作巧克力慕斯的廚房，以及斯萬前來晚餐時經過的那扇花園大門等場景印象，這棟房子本身或許根本不值得駐足觀賞。

步入屋內，四周瀰漫著一種安靜的、半宗教般的氛圍，令人不禁聯想到教堂。隨行的孩童們不約而同地收斂起喧鬧，臉上浮現出期待與好奇的神情，導遊給他們一個溫暖但帶有憐憫意味的微笑，他們的母親則低聲叮囑孩子們切勿觸碰任何東西。事實上，這份提醒似乎有些多餘，因為房間內的陳設並沒有什麼特別吸引人去觸摸的誘因。整個空間完整地重現十九世紀外省布爾喬亞階級家庭裡，那種品味平庸又令人咋舌的美學風格。在「萊奧妮姑媽的床」旁邊，擺放著一張小桌子，上面放著一個巨大的壓克力展示櫃，策展人在櫃中放置了一個白色茶杯、一瓶陳舊的維希礦泉水，以及一塊孤零零、看起來異常油膩的瑪德蓮蛋糕，而且仔細一看後發現，原來它是塑膠做的。

旅客服務中心出售的一本小冊子上，作者拉歇爾先生寫道：

如果想要真正理解《追憶逝水年華》深邃而隱晦的意義，在開始閱讀這部鉅作之前，必須用整整一天的時間來細細品味伊利耶—貢布雷。只有親臨這個特殊的地方，才能真正感受到貢布雷的魔力。

雖然拉歇爾先生熱愛鄉土的表現令人敬佩，這番言論也無疑會受到每一位從事瑪德蓮蛋糕生意的糕點師傅熱烈讚賞，但是，在經歷這樣一天的參觀行程之後，人們不禁要質疑拉歐爾先生是否過分誇大這個小鎮的魅力，並在無意之間，貶低了普魯斯特的文學才華。

誠實的遊客會坦然承認，這個小鎮並沒有什麼特別之處，看起來與其他小鎮沒什麼兩樣。這並不意味著伊利耶—貢布雷乏味無趣，只是它並沒有顯而易見的特質來支撐拉歐爾先生所賦予它的那種崇高地位。這倒恰當呼應了普魯斯特本人的觀點：一個地方是否有趣，很大程度上取決於我們觀看它的方式。貢布雷也許宜人，但它與法國北部平原上的任何其他小鎮一樣值得一遊；普魯斯特在小說中所呈現的貢布雷之美，其實可能潛藏在幾乎任何城鎮中，只要我們願意以普魯斯特那敏銳而有洞察力的方式去欣賞它。

諷刺的是，正是出於對普魯斯特的偶像崇拜，以及對他美學理念的誤解，我們才會匆忙地趕往伊利耶—貢布雷，盲目地飛馳過周圍的鄉間景色，視若無睹地穿過鄰近的布魯（Brou）、博納瓦爾（Bonneval）和庫維爾（Courville）等不帶特殊文學意味的小鎮，只為了想像普魯斯特童年時如何在此度過歡樂時光。我們忘了一個簡單的事實，如果普魯斯特家族恰巧定居在庫維爾，或者他的老姑媽住在博納瓦爾，我們就會以同樣不公平的態度開車前往這些地方，將伊利耶拋諸腦後。這種朝聖之旅，本質上只是一種偶像崇拜的表現。普魯斯特偶然在這裡成長，我們就看重它，卻忽略了普魯斯特本人看待這個地方的獨特方式；米其林輪胎那個小胖子[14]也助長了這種疏忽，因為它同樣沒有意識到，一個地方的旅遊價值更多取決於觀者的視角，而非所觀察的對象本身。普魯斯特成長的小鎮並不天然地值得三星評價，庫維爾附近的埃爾夫加油站也並非天然地不配得到一顆星星；普魯斯特從未有機會在那裡為他的雷諾汽車（**Renault**）加油，但是，讓我們想像一下，如果他曾經去過那裡，他很可能會發現許多值得欣賞的細節，譬如那裡有一個迷人的前院，水仙花整齊地種在邊緣，還有一個老式的加油機，遠看就像一個穿著勃根地紅工裝褲、悠閒地靠在柵欄上的魁梧壯漢。

普魯斯特為羅斯金的《芝麻與百合》法文版撰寫的譯序中，道出了一個足以讓伊利耶—貢布雷旅遊業顯得荒謬的深刻洞見。可惜的是，鮮少有人費心去注意：

14 此處指的是《米其林指南》（*Le Guide Michelin*），是法國輪胎製造商米其林公司所出版的美食及旅遊指南書籍的總稱，商標代表圖像是一個卡通的白色輪胎人。

「我們渴望親眼目睹米勒在他的畫作《春天》中展示給我們的那片田野，或是讓克勞德．莫內帶領我們去吉維尼[15]（Giverny），去塞納河畔，去那個他筆下幾乎被晨霧掩蓋的神祕河灣。然而，事實上，不過出於偶然的聯繫或家族淵源，才使得米勒或莫內有機會經過這些地方或在附近駐足，並且選擇去畫那條路、那座花園、那片田野、那個河灣，而不是其他地方；這些被選中的事物之所以在我們眼中顯得比世界上其他事物更為特別、更為美麗，是因為它們身上被賦予了一種難以名狀的印記，而這正是天才藝術家們敏銳的眼光所捕捉到的。這種印象以一種獨特而強烈的方式，瀰漫在天才們所繪製的所有風景中，即使這些風景本身看起來可能平淡無奇或缺乏吸引力。」

我們真正應該去參觀的不是伊利耶—貢布雷這個具體的小鎮，對普魯斯特真正的致敬，是學習用他的眼光看我們的世界，而不是用我們的眼光看他的世界。

忽略這個觀點會是一件可惜的事。如果我們對某個地方的興趣，如此依賴於某位偉大藝術家曾經發現並描繪過它，如此一來，世間無數美妙的風景和經驗領域可能就因此被忽略，被剝奪了應有的欣賞與關注。畢竟，莫內一生中看過的風景，也只是地球上極其有限的一小部分；普魯斯特的小說雖然篇幅浩瀚，卻也不可能涵蓋人類經驗的全部範疇。如果我們只是執著於尋找藝術家曾經注視過的具體對象，而不去學習藝術所關注的普遍通則，這對於藝術家未曾親眼目睹過的世界其他部分來說，可說是極不公平的。如果僅僅將普魯斯特當作偶像來崇拜，我們可能無暇顧及那些普魯斯特從未品嚐過的甜點，從未描述過的衣裳，從未涉及的愛情細微之處，以及他一生中從未踏足的城市；若再嚴重一些，我們甚至可能因此覺得，自身的存在、自己的日常生活，和藝術世界及其所蘊含的真理與趣味之間，存在著一道難以逾越的界線，從而陷入無謂的自我折磨之中。

那麼，我們能從中汲取什麼樣的教訓呢？對普魯斯特最高的致敬，或許就是最終能夠對他做出如同他對羅斯金所作出的評價：儘管他的作品具有諸多令人讚歎的優點，但如果過分沉溺於其中，終將會感到那是「愚蠢、狂熱、壓抑、錯誤和荒謬的。」

若將閱讀本身視為一門獨立的學科、一項專門的研究或修煉，無疑是將一個本應

---

15 吉維尼（Giverny），法國一個小鎮，因為擁有莫內故居及莫內花園而聞名。

扮演啟發角色的工具，賦予了過於沉重的分量。閱讀處在精神生活的門檻處，它引導我們步入其中，卻不能構成精神生活的全部內容。

即便是最優秀的書籍，也值得被扔在一旁。

致謝

我想感謝以下諸位朋友：

瑪麗—皮耶・貝（Marie-Pierre Bay）、瑪莉娜・班傑明（Marina Benjamin）、奈傑爾・錢塞勒（Nigel Chancellor）、珍・達利（Jan Dalley）、卡羅琳・道內（Caroline Dawnay）、丹・法蘭克（Dan Frank）、米娜・弗萊（Minna Fry）、安東尼・戈諾爾（Anthony Gornall）、妮基・甘迺迪（Nicki Kennedy）、厄蘇拉・克勒（Ursula Köhler）、賈桂琳與馬克・里蘭德（Jacqueline and Marc Leland）、艾莉森・曼齊斯（Alison Menzies）、艾爾伯特・瑞德（Albert Read）、喬恩・萊利（Jon Riley）、坦雅・斯托布斯（Tanya Stobbs）、彼得・史特勞斯（Peter Straus）以及金・威瑟斯彭（Kim Witherspoon）。我特別感謝瑪莉安・葛羅斯（Miriam Gross）的鼓勵，以及她提供予我的每週專欄版面。我還需要感謝梅爾（Mair）與麥克・麥基佛（Mike McGeever）、諾加・阿利卡（Noga Arikha），以及，一如既往支持我的吉爾伯特與珍妮特・迪波頓（Gilbert and Janet de Botton），他們皆為本書提供了細緻入微的校對。我最深沉的感謝必須獻給約翰・阿姆斯壯（John Armstrong），感謝他的友誼，以及我們長達兩年中談論過的那些極富洞察力的對話；最後，我對凱特・麥基佛（Kate McGeever）也深深致謝，她在整個寫作過程中包容了我，並且始終溫柔可親。

照片致謝

巴納比圖片圖書館（Barnaby's Picture Library），頁二二二；布里奇曼藝術圖書館（Bridgeman Art Library），頁四三（巴黎羅浮宮，Louvre, Paris）、頁一五四（彼得・威利〔Peter Willi〕攝，巴黎瑪摩丹美術館，Musée Marmottan, Paris）、頁二〇五（巴黎羅浮宮／吉羅東〔Giraudon〕攝，Louvre, Paris）、頁二〇六（巴黎羅浮宮／吉羅東〔Giraudon〕攝，Louvre, Paris）；瑪麗・伊凡思圖片圖書館（Mary Evans Picture Library），頁七一；赫頓蓋蒂影像集團（Hulton Getty Collection），頁一四三a；賽門・馬斯登（Simon Marsden），頁二二一。

國家圖書館出版品預行編目(CIP)資料

擁抱逝水年華：普魯斯特如何改變你的人生 / 艾倫．狄波頓(Alain de Botton)著；楊依陵譯. -- 初版. -- 新北市：菓子文化, 遠足文化事業股份有限公司, 2025.05
面； 公分. -- (菓子)
譯自：How Proust can change your life
ISBN 978-626-99542-1-6(平裝)

1.CST: 普魯斯特(Proust, Marcel, 1871-1922) 2.CST: 文學評論

876.57　　114002351

菓 子
Götz Books

擁抱逝水年華：
普魯斯特如何改變你的人生

How Proust Can Change Your Life

作　　者　艾倫．狄波頓 Alain de Botton
譯　　者　楊依陵

主　　編　邱靖絨
校　　對　楊蕙苓
排　　版　菩薩蠻電腦科技有限公司
封面設計　廖韡

出　　版　菓子文化 / 遠足文化事業股份有限公司
發　　行　遠足文化事業股份有限公司
地　　址　231 新北市新店區民權路 108 之 2 號 9 樓
電　　話　02-22181417
傳　　真　02-22181009
Email　service@bookrep.com.tw
郵撥帳號　19504465 遠足文化事業股份有限公司
客服專線　0800221029
印　　刷　東豪印刷股份有限公司
定　　價　450 元
初　　版　2025 年 5 月

法律顧問　華洋法律事務所　蘇文生律師

歡迎團體訂購，另有優惠，請洽業務部 (02)2218-1417 分機 1124、1135
傳真：02-2368 7542
網址：http://www.goethe.de/taipei